KB064184

花富亭 화부정

도화

화부정 花富亭

초판 1쇄인쇄 2021년 12월 8일
초판 1쇄발행 2021년 12월 10일

저 자 박준서
발행인 박지연
발행처 도서출판 도화
등 록 2013년 11월 19일 제2013 - 000124호
주 소 서울시 송파구 중대로34길 9-3
전 화 02) 3012 - 1030
팩 스 02) 3012 - 1031
전자우편 dohwa1030@daum.net
인 쇄 상지 P&B

ISBN | 979-11-90526-58-6 *03810
정가 15,000원

도화道化, fool는
고정적인 질서에 대한 익살맞은 비판자,
고정화된 사고의 틀을 해체한다는 뜻입니다.

花富亭화부정

박준서 소설집

차례

모의환자 / 07

더블백에는 인어가 산다 / 37

더듬이가 나오면 자취를 감춘다 / 75

홍의 전쟁 / 115

악인 조도사 / 149

화부정 / 179

번역_花富亭 / 215

해설
더듬이 없는 외로운 영혼들의 위로, 화부정 / 255

작가의 말

모의환자

[육십 중반의 사내가 어느 날 새벽 춘정이 일어 아내와 몸을 섞는다. 그것까지는 좋았는데 일을 치른 후 일어나려다 다시 마누라 쪽으로 쓰러지더니 더 이상 일어나지 못한다. 부인은 그가 몸뚱어리 왼쪽을 쓰지 못하는 것을 발견하고 119를 불러 병원으로 간다. 잠옷 차림의 그는 좌반신 마비가 온 것을 아직 깨닫지 못하고 있다. 그는 불안정한 자세로 침대에 누운 채 눈은 사시처럼 오른쪽 만을 응시하고 있다.]

안서운 씨는 침대에 누웠다. 마음의 손가락으로 부위를 짚어 가며 머릿속으로 염불하듯 점검한다.

―고 · 당 · 심 · 뇌 · 콜, 고 · 당 · 심 · 뇌 · 콜……

K대 의과대학 학생들이 졸업을 앞두고 중간시험을 치르는 날이다. 환자의 유형은 여러 가지다. 안서운 씨처럼 쓰러진 환자를 비롯하여 두통환자, 설사환자, 생리불순 환자, 체중감소 환자, 보행 장애환자, 얼굴이 화끈거리는 환자, 그럴 리가 없다는 망상환자 등, 한 유형에 인간 시험지가 6명씩이니 꽤 많은 환자가 모인 셈이다.

진료실에 들어가기 전 감독은 안서운 씨를 불러 세웠다. 환자들이 채비를 하며 우르르 나가려다 돌아보았다.

"안 선생은 다 좋은데 의사가 일어나 보라 한다고 왜 자꾸 일어나는 겁니까? 안 선생은 마비환자예요. 마비환자는 혼자 일어나서는 안돼요. 의사가 부축해 줄 경우에만, 그것도 겨우 마지못해 일어나는 정도라야 되는 겁니다. 제가 이야기한 대로 하셔야지요. 아시겠어요? 자, 그러면 1시까지 각자 진료실로 입실 완료하시기 바랍니다."

단호하게 감독이 내뱉은 '아시겠어요?' 톤은 상당히 높고 고드름 같았다. 그러나 엄밀히 따지면 그의 말은 맞는 것이 아니다. 대본에 일어나서는 안 된다는 대목이 없었다. 막 실려 온 초기의 마비환자는 일어나고자 용을 쓰면 기우뚱하게나마 자력으로 상반신을 일으켜 세울 수 있으니, 의사와 상황에 따라 하라는 것이 담당 교수 이야기였다. 감독도 그 사실을 알고 있었다. 그러나 실전에서는 교수보다도 아니 누구보다도 감독은 당신의 말이 법이요 카리스마 넘치는 완장이어야만 했다.

안서운 씨는 지금까지 대체로 자신의 역할과 각본에 충실한 편이었다. 그런데 오늘따라 왠지 기분이 좀 찜찜하고 머리도 무거운 데다 몸까지 찌뿌드드하다. 실은 오늘 새벽, 안서운 씨는 모의환자의 실체를 스스로 경험해 보기라도 하려는 듯이 만용을 부리고 만 것이다.

새벽에 소변 때문에 잠을 깼더니, 사용해 본 지가 언제인지도 모를 정도로 까마득하고 반응이라곤 없어 오줌 눌 때 빼고는 전혀 관계가 없어 보이던 놈이 무슨 영문인지, '여보슈!' 하고 부르는 것 같아 슬쩍 손등으로 건드려 보았더니 '거 아는 척 좀 하고 삽시다' 하며 불뚝 성을 내는 것이었다. 그 바람에 오랜만에 마누라를 꼬드겨 몸을 섞고 말았다.

"무슨 주책이람……."

애써 새벽녘의 소용돌이에서 빠져나와 안서운 씨는 다시 점검으로 들어간다. 고 · 당 · 심 · 뇌 · 콜……. '고'는 고혈압, '당'은 당뇨, '심'은 심장병, '뇌'는 뇌졸중, '콜'은 콜레스트롤을 가르킨다. 그리고 술, 담배, 운동, 스트레스 여부, 가족력 조사, 왼쪽 부신경 테스트, 지남력 테스트, 대각선 검안, 라이트 동공반사, 양쪽 시야검사, 얼굴 신경 검사, 구역질 반사, 양쪽 감각 검사, 심부건 망치 테스트에다 발바닥을 주걱으로 긁는 검사로 끝이 난다. 의과대 학생은 의사처럼 문진하고 그는 감쪽 같은 환자여야만 한다.

놓친 것 없이 모두 들어간 건가? 미진한 것 같다. 거슬러 가며 다시 점검한다. 뭔가 빠진 것 같다. 안서운 씨는 진땀이 난다. 생각이 안 날수록 조바심에 불이 붙는다. 곧 벨이 울릴 텐데 무얼까? 침착하자, 침착해. 아!

불이 꺼졌다. 근력검사다. 근력 검사는 오른쪽과 왼쪽을 다 비교해야 한다. 학생 의사들이 빠뜨리기 쉬운 문제 중의 하나다.

A씨가 의대생이 치르는 시험 중 하나인 CPX 과목에 반드시 따르는 모의환자를 모집한다는 정보를 듣고 H대 의과대학을 찾은 것은 두 달 전이었다. 당시 H대학은 모의환자를 모집, 수도권이 있는 의과대학이 요청하면 의대생들의 환자 문진능력 평가시험에 필요한 살아 있는 시험지격인 모의환자를 파견하고 있었다. 물론 환자별로 나타나는 증상 교육은 간사격인 H대학 몫이었다.

사무실이 있다는 사범대학 별관으로 올라가는 숲길에는, 아직 뜨겁지 않은 유월의 바람이 이리저리 벤치를 옮겨 다니며 여대생들의 짧은 스커트를 희롱하고 있었다. 낡은 별관에는 방문할 사무실의 위치를 물어볼 경비실도, 직원도, 보이지 않았다. 흔한 엘리베이터도 안 보였고 복도 끝에 있는 비상구도 잠겨있어 계단 찾기도 어려웠다. 문패 대신 호수만 적힌 문들은 A씨

같은 백수에겐 낯설게만 보였다. 마침내 찾는 315호실이 있었다. '직원이 안내할 때까지 들어가 대기할 것'이라는 쪽지가 붙어 있었다. 안에는 먼저 온 이들이 앉아 있었다.

환자 유형별로 면접은 한 번에 서너 명씩 보았다. A씨와 함께 두세 명 빼고는 거의가 젊은 남녀들이었다. 감독과 조감독이라는 여성이 면접관 석에 앉았는데, 조감독으로부터 소개받은 감독은 짤막한 인사와 함께 모집의 취지를 설명했다.

"선진국에서는 진작부터 이런 식의 평가제도가 시행되어 왔으나, 우리나라에서는 이제 막 도입한 걸음마 단계입니다. 합격하면 여러분은 졸업을 앞둔 의대생들에게 중요한 인간 시험지 역할을 하는 셈입니다. 우리나라의 의학 발전을 위해 중차대한 임무를 맡는다는 사실을 명심하시고 사명감을 가져 주시기 바랍니다."

그녀의 말씨에서는 위세의 북소리가 둥! 둥! 울리는 듯했다. 그녀는 잠시 뜸을 들이고 나서 덧붙였다.

"반드시 대본에 따라 시키는 대로 해야 하며, 그렇지

않을 경우 같이 일할 수가 없습니다."

임시직이나 보수가 꽤 좋았으므로 지원자들은 한사람도 빠짐없이 착한 표정으로 약속했다.

본격적인 면접이 시작되어 차례가 되자 A씨도 감독의 눈에 들기 위해, 고교 시절엔 연극반에 있었고, 대학 때는 희곡을 습작하였으며, 큰아들이 지금 대학로에서 연극 생활을 한다고 설명했다. 장남 이야기만 빼고는 모두 지어낸 말이었다. 그녀는 조금 미심쩍어 하면서도 오케이 사인을 보내며 말했다.

"음, 선생님은 마비환자를 맡기에 나이도 적당하고 코도 좀 붉어서 특별히 분장할 필요도 없겠군요. 그럼, 보다 완벽한 환자를 위해 선생님의 성함은 일할 때만큼은 대본에 나와 있는 환자 이름으로 사용하겠습니다. 그래도 괜찮으시겠어요? 뇌졸중 환자 안서운 씨?"

그 자리에서 A씨는 안서운 씨가 되었다.

며칠 후, 면접시험에 합격한 이들과 함께 안서운이 된 A씨는 감독의 안내에 따라 담당 교수에게 신고를 하였다. 침대가 놓인 커다란 병실에서였다. 교수 역시 장차 의사가 될 학생들의 시험지 역에 충실해 달라는 요지의 인사를 하고 나갔다. 짧은 정적이 흘렀고, 여러분들은 이제 모의환자가 되셨다며 잠시 합격자들의 면면을 둘러본 감독은 목청을 높여 노래를 시작했다.

우리는 인간 시험지
의학 발전의 선구자라네

우리는 모의 화─안자
오직 사명감으로 뭉쳤다네

모의환자가 된 사람들은 저 여자가 갑자기 돌았나하는 뜨악한 얼굴에서 감독이 쳐다보자, 이내 착한 표정으로 경청했다. 기세도 등등하게 노래를 마친 감독은 모의환자들을 침대에 올라가 눕게 하였다. 감독 얼굴에서 군대 훈련소의 새카맣게 탄 내무반장이 보였다. '침상에 정렬!' '취침─.' '동작 봐라!' '원위치!' '취침─!' '내무반장은 삼 개월의 훈련기간 중 세 번이나 자기 생일을 맞이했고 돈을 추렴케 하였었지.'

"누우신 채로 들으세요. 무조건 시키는 대로! 그리고 각본대로! 아셨지요?"

모두들 침대에 누운 채 우리나라의 의학 발전을 위한 모의환자들의 중차대한 역할과 사명감에 대한 감독의 연설을 다시 한 번 새길 수 있었다. 그리고 본격적인 연기 수업으로 들어갔다.

공식 명칭이 '마비가 왔어요'인 뇌졸중 환자는 3,4일간의 대본에 따른 공부와 연기 연습을 익힌 후에야 인간 시험지로 변할 수 있었다. 그러나 안서운 씨는 하루 더 연습을 하지 않으면 안 되었다. 기억력에 문제가 있었기 때문이었다. 언제부터인가 기억력이 무서울 정도로 떨어졌다. 엊그제도 부사관 동기생모임이 있었다. 모두들 일자리 찾기 어렵다며 걱정 뿐이었다. 그런데 그 중 한 명의 이름이 기억나지 않는 것이었다. 아마 내일이면 생각이 나서 무릎을 칠 것이다. 컴퓨터 검색 중, 모르는 것이 있어 알 만한 친구에게 전화를 했다가 인사말을 하는 사이 본론은 머리에서 날아간 적도 있었다. 무엇보다도 남과 대화 중에 거기에 딱 맞는 어휘나 단어가 입속에서만 뱅뱅 돌 때에는 머릿속에 손가락을 넣어 헤집어 보고픈 심정이었다. 안서운 아니, A씨에게는 기억의 세포를 갉아 먹고 사는 이명耳鳴이 귀에 숨어 매미소리를 내고 있었다.

안서운 씨의 노력으로 기억력은 어느 정도 향상되었다. 그러나 모의환자 석 달째로 접어들자 다시 감퇴하기 시작했고, 감독은 우려를 나타내고 있었다.

인간은 태어나서 천억 개의 뇌세포를 가지고 사회생활을 한다는데 이십 대 중반부터는 매일 십만 개의 세포가 죽어 간다고 한다. 여기에 음주와 흡연을 할 때마다 백만 개 이상의 세포가 파괴된다. 기억을 잃을 정도의 과음엔 수천만 개가 파괴된다고 하니 육십을 바라보는 그는 어느 정도 잃었을까? 그러나 기억력이 매미소리를 낸다고 해서 육군 상사의 연금만을 믿고 놀 수만은 없었다. 세상은 늙으나 젊으나 온통 백수의 바다를 이루고 있었다. 군대가 천국이었다.

시험을 알리는 벨이 울렸다. 조금 뒤면 대면하게 될 학생의사에게 안서운 씨는 마음속으로 조크를 보낸다. 문밖에 있는 풋내기 의사야, 떨고 있니? 이삼 초의 짧은 정적 후 노크 소리가 들리자 안서운 씨는 긴장한다. 예에, 하고 대답하려다 그만둔다. 왼쪽 팔과 다리가 제 역할을 하고 있는지 일별하곤 얼른 머리를 침대에 떨어뜨린다.

문밖에서 대기하고 있던 의사는 한 번 더 노크한 후 문을 열었다. 발소리와 함께 흰 가운을 입은 덩치 큰 사내 모습이 머리 위로 불쑥 솟는다. 아직 앳된 얼굴에다 다문 입술에 미소를 감추었다. 어느 텔레비전 개그프로에서 부자간에 항상 먹는 타령만 하다 들어가는 아버지 개그맨이 연상되었다. 감춰진 미소는 자신 있다는 뜻일까? 안서운 씨를 내려다보지도 않고 세정제를 눌러 손을 씻으며 책상에 놓인 환자의 차트를 향해 인사를 한다.

"안녕하세요? 학생의사 백준철 입니다. 어디가 편찮아서 오셨습니까?"

기본적인 환자의 증세는 차트 외에도 A4용지에 적혀 진료실 문에 붙어 있었다. 학생들은 시험문제를 미리 알 수 없으므로 진료실 앞에 대기하는 동안 문에 붙어 있는 내용을 숙지하고 환자를 문진하면서 병명과 처방을 내야 한다. 그런데 미처 숙지하지 못했는지 차트를 살피느라고 환자와 눈을 마주치며 인사하는 것을 놓친다. 일 점 마이너스.

안서운 씨는 대답하는 시간을 조금 끈다. 대답이 없자 또 차트에게 말을 건다.

"환자분이 새벽에 쓰러져서 부인이 모시고 왔다는데…… 부인은 어디 계시죠?"

이것 봐라 코너로 몰아보겠다? 안서운 씨는 멍청한 척 계속 대꾸를 하지 않는다. 입은 아ㅡ 발음 상태에서 멈추어져 있을 것이다. 계속 말이 없자 감춘 미소를 거둔다.

"환자분! 제 목소리 들리시죠? 여기 어떻게 오셨어요? 어디가 아프세요?"

그제야 대꾸한다.

"나? 아픈 데 없어."

"그럼 왜 부인이 여기 데려 오셨어요? 뭐 타고 오셨어요?"

"몰라. 새벽에 자는데 마누라가 깨워서…… 119타고 왔어."

"아! 그러세요? 부인이 새벽 몇 시쯤 깨우시던가요?"

"네 시쯤 됐을라나? 자는데 깨우더라니께."

"여기 보니까 혈압이 높으신데 평소에도 혈압이 높으세요?"

"그걸 어떻게 알아."

안서운 씨는 쌀쌀맞게 대꾸한다.

"평소에 편찮으셔서 병원에 가 혈압 재 보신 적이 없으세요?"

버럭 역정을 내고 오른팔과 다리로 상반신을 일으키는 모션을 취하며 되받아친다.

"난 병원이라군 가본 적이 읎는 사람이여! 정상이여. 근강혀! 근데 이 여편네는 어디 간거여. 아. 마누라나 찾아줘. 집에 가게."

어제 A병원에서는 세 번째로 들어 온 Y의대 여학생이 이 장면에서 당황한 나머지 어쩔 줄 모르며 문을 열고 밖으로 나가더니 '여기 환자분 보호자 어디 계세요?' 하고 소리를 질렀다.

그러나 그것은 시피엑스 평가에 최선을 다해 보고자 한 연극이 아니었다. 담당교수의 모의환자라는 언질이 없었더라도 진료실 앞에 임상 평가시험을 보기 위해 졸업반 학생들이 줄을 서 있는 상황만으로도 알 수 있었을 터인데, 마누라를 찾아달라는 모의환자의 연기를 실제상황으로 착각하여 상황 전개의 끈을 놓쳤을 것이다.

그때 안서운 씨는 웃음이 터져 나올 뻔했다. 네 번째로 들어온 학생은 줄곧 십오 분 동안 쩔쩔매다가 그만 청진기를 두고 병실을 나가고 말았다. 학생 이름과 수험번호가 적힌 스티커를 모의환자의 손등에 붙여주는 것도 까먹었다. 흰 가운에 꽂고 다니며 환자의 눈동자를 비추어 보는 펜 라이트를 탁자 위에 둔 채로 나간 학생은 있었지만, 목에 걸고 다니는 청진기를 두고 간 건 처음이었다. 문진의 결과도 최저 수준이었으나 '개선 요망'으로 채점했다. 그러면서도 혹시 감독이 천장에 달린 CCTV로 확인 했을까 봐 안서운 씨는 가슴이 떨렸다. 채점 부정확은 감독을 화나게 하는 일이었다. 상관으로서 감독의 위세는 언제나 등등하였다. 등. 등. 등! 둥! 둥! 북이 울리듯.

상관에 대한 안서운 씨의 복종심은 하사관 학교에서부터 길들여지기 시작해서 하사를 달고 자대 배치를 받은 후 상사로 예편하기까지 삼십 년간 연속이었다고 할 수 있었다. 법규대로만 하는 교과서형 상관도 있었지만, 직책과 권한을 앞세우며 자신만의 개인규정을 만들어 놓고 복종을 강요하는 완장의 바람이 수시로 불어 닥쳤다. 김장철이면 굳이 언질이 없더라도 높으신 분들을 위한 김장 사역을 위해 부부가 각개전투로 마라톤 선수처럼 뛰어다녀야 했다. 보직과 진급에 필요한 고과표라면 '복종' 앞에서는 삼강오륜이 물구나무라도 서야 했다. 하사관의 신분으로 결혼해서 남매를 낳고 상사가 되고 나니 아들이 대학 삼학년 딸아이는 어느덧 고삼이 되어 있었다. 장학금을 일부 받고는 있다지만 등록금이다 학원비다 해서 봉급으로는 숨만 쉬는 꼴이었다. 예편 후 나오는 연금은 집사람이 손도 못 대게 하였다. 기상나팔과 취침 점호 소리만 없다는 것뿐이지 살벌한 사회의 전장에서 사업을 하네, 장사를 합네 하다가는 퇴직금을 잔치국수보다 쉽게 말아먹는다는 것이었다. 맞는 말이었다. 그래서 전역 명령을 받고 일주일 정도 놀다가 찾아간 취업 정보센터에서는 나이가 가로막고 있었다. 그 다음으로는 직장을 찾아 헤매는 수많은 백수의 군단이 가로 막고 있었다. 아르바이트라도 사양하지 못할 상황이었다. 그러다가 인터넷 바다에서 낚은 것이 모의환자였다. 취직이 불가능 하더라도 백수의 바다에 빠져 죽을 수는 없었다.

개그맨 의사가 말했다.

"자— 이제부터 검진을 좀 하겠습니다. 환자분 성함이 어떻게 되시죠?"

"나? 나 안서운이여."

"여기가 어디인 거 같으세요?"

"아! 여기가 병원이지. 어디긴 어디여."

"내가 누굽니까?"

"의사 선상이지 누구여."

오늘이 며칠이냐고 할 차례인데 묻지를 않고 놓쳐버린다. 환자는 속으로 손가락을 또 하나 접으며 감점한다.

"언제부터 이런 증상이 오셨습니까?"

이번엔 대답을 하지 않는다.

"환자분 직업은 어떻게 되시죠?"

힘없는 소리로 대답한다.

"노가다여."

"그럼 어제도 일 나가셨습니까?"

"암먼. 일해야 먹구 살제."

"그러면 어제도 평소처럼 저녁드시고 잘 주무셨다는 얘기네요?"

"아, 그럼 텔레비전도 보구 그러다 잤다니께."

혹시 부부관계는 없었느냐고 물을까 해서 조마조마했는데 다행이었다.

"일하시다가 정신을 잃었다거나 다치신 적이 있었습니까?"

"아녀. 그런 적이 웂서."

"술 담배는 좀 하십니까?"

환자의 목소리가 생기를 찾는다.

"술은 내가 좀 허지."

"몇 년 동안 드셨습니까?"

"젊었을 때부터 먹었으니까 한 사십 년 됐나?"

"담배는 얼마나 피우셨습니까? 한 갑씩?"

"한 갑씩 피웠는데 요즘은 술보다 나쁘다나 해서 반

갑씩 배끼 안 피워. 줄었어."

개그맨은 술의 양을 묻지 않았다. 감점. 세 번째 손
가락을 꼽는다.

"평소에 운동은 좀 하십니까?"

환자는 또 성질을 벌컥 낸다.

"아! 노가다가 일하면 그게 운동이지 뭐 따로 할 게
있나? 빨리 마누라나 찾아줘. 집에 어여 가게!"

개그맨이 싱긋 웃는다.

"알겠습니다. 검사를 조금 더 해보고 찾아 드리겠
습니다."

"저-기 혹시 가족 중에 뇌졸중에 걸린 사람이 있
습니까?"

"뇌졸중이 뭐여? 풍인가?"

"아, 예. 중풍이라는 것 말입니다."

"풍이라면 아버지가 풍 맞아 돌아가셨지. 육십 둘에."

"아! 예, 그러셨군요."

결정적인 단서를 포착한 양 기록하는 개그맨의 손놀
림에서 신이 난다. 목소리가 사뭇 낙낙해졌다.

"형제분은 몇 분이나 되십니까?"

"위로 성님이 있고 아래로 동상이 둘이여."

"아까 혈압은 정상이라고 하셨는데 형제분 중에 혈압 높으신 분은 없습니까?"

"성님이 혈압이 높아 무신 약을 먹고 있는지. 동상들은 몰라."

"혹시 당뇨 있다는 말 들어보셨습니까?"

"당뇨? 모르겠는데 아마 없을걸."

"스트레스 받는 일은 없었습니까?"

"스트레스? 아, 일 없으면 그게 스트레스지 뭘!"

"머리가 아프다거나 하지 않습니까?"

"안 아파. 글쎄, 좀 떵한가?"

잠깐 사이를 두었다가 개그맨이 다시 시작했다.

"진찰 좀 하겠습니다. 환자분 지금 일어나실 수 있겠습니까? 일어나 앉아 보세요."

머뭇거리던 안서운 씨는 고개를 들고 외팔과 왼쪽 다리가 없다는 상상을 하며 상체 일으키기를 시도한다. 실패한다. 또 시도한다. 그러면서 그만하십시오, 하기를 바라는데 말이 없다. 세 번째 시도 끝에 가까스로 한 손으로만 기우뚱 일어나 비스듬히 앉았다.

대본에는 상황에 따라서이고 감독의 뜻은 의사의 도움을 받을 경우라고만 한정했다. 이것이 영화를 찍는 촬영 현장이라면 컷! 하고 외치는 감독의 화난 목소리가 들릴 것이다. 그러고는 왜 지시대로 하지 않느냐고 핏대를 세울 텐데 지금은 CCTV 카메라가 설치된 이 방의 장면을 보며 속만 끓이고 있을지도 모른다.

개그맨이 안서운 씨의 어깨에 손을 대자 뒤로 풀썩 자빠진다. 어이쿠, 개그맨이 깜짝 놀란다. 환자는 자신도 모르게 내심의 미소를 짓는다. 그러나 이 미소는 개그맨이 놀라는 게 재미있어서가 아니다. 이 내심까지 모니터에 잡혔을까? 잡혔다면 이 미소를 보고 감독은 끓었던 속이 폭발했을지도 모른다.

"왼손으로 제 손 좀 잡아 보시겠어요?"

환자는 그저 오른편만 바라보며 가만히 있다.

"그러면 오른손으로 저와 악수해 볼까요?"

오른손으로 개그맨의 왼손과 악수한다. 의사가 손에 힘을 싣자 환자도 힘을 꽉 준다. 만족해한다.

"이번엔 왼손과 악수할까요?"

안서운 씨는 오른편만 바라보며 가만히 있는다. 의사가 환자의 왼손을 집어 들고 안서운 씨 눈앞으로 가져온다.

"이 손이 누구 손이예요?"

의사선생 손이라고 대답한다. 그러자 손을 공중에서 놓아버린다. 안서운 씨의 얼굴로 손이 툭 떨어졌다. 괘씸하다.

개그맨이 가운 주머니에서 펜 라이터를 꺼내 환자의 귓가에서부터 눈동자까지 비추어 본다. 제대로 하는 것이다. 느닷없이 눈동자에 비추었다면 감점이다. 펜 라이터 쪽에서는 동공의 크기를 확인하는 빛과 함께 야채와 소스 냄새도 보내왔다.

개그맨은 펜 라이터를 끄더니 주머니에 꽂고 탁자에 있던 진찰기구 중에서 검안경을 집어 든다. 그러나 잘 다룰 줄 모르는 것 같다. 가까스로 스위치를 올린 후에도 이리저리 만지작거리다 어중간하게 거리를 잡은 다음 안서운 씨와 키스 직전의 거리에서 멈춘다. 환자는 숨을 멈추었으나 야채와 소스 냄새까지 막을 수는 없다. 개그맨은 점심으로 양파와 함께 자장면을 먹은

게 틀림없다.

설압자가 한 박스나 있었음에도 헛구역질시키는 것을 잊고 말았다. 감점 넷. 환자의 얼굴을 내려다보며 개그맨은 말한다.

"이마에 주름살을 만들어 보세요."

주름살을 만들려다 보니 입이 벌어지면서 숨을 들이쉬게 되었다.

"바람을 입속에 넣고 가만히 있어 보세요."

그 바람에 환자의 입은 화가 난 복어가 되었다. 얼굴 신경검사는 통과다. 이번에는 클립을 핀처럼 펴고 사지를 한 번씩 찌르며 묻는다.

"느낌이 오세요? 환자분?"

오른쪽을 찔릴 때는 가볍게 '아! 따거.'하고, 왼쪽일 때는 모르는 척 무신경해야 한다. 오케이다.

개그맨은 환자를 부축해 일으켜 잠시 침대에 걸터앉게 했다. 안서운 씨는 위태위태하게 앉는다. 고무망치로 하는 심부건 반사 진찰이다. 무릎 밑과 팔꿈치, 발목 등을 망치로 한 번씩 치는 것인데 의대생들이 간단한 이것을 의외로 가뜬하게 해내질 못했다.

개그맨 역시 시늉만 내고 넘어간다. 근력검사를 한다. 오른쪽의 팔과 다리를 들어보라고 한다. 순종한다. 대신 왼팔을 들어보라고 하지만 들은 척도 않는다. 왼쪽 다리 역시 마찬가지다. 손가락으로 오른쪽 발꿈치에서 발바닥으로 긁어 올린다. 간지럼에 못 이겨 자연히 발가락을 움츠린다. 대신 왼쪽을 긁을 때에는 발가락 사이를 벌리며 곧추 세워야 하는데 연기하기 어려운 부분이다. 이때였다. 벨소리가 울리며 방송이 들려왔다.

"종료 오 분 전입니다.

방송과 함께 진찰은 끝나가고 있었지만 안서운 씨의 불안이 고개를 쳐들었다. 기억력의 톱니바퀴가 제대로 돌아갈 것인가? 참으로 걱정이 아닐 수 없었다. 지금까지 학생의사가 진찰을 제대로 하고 제대로 못한 것은 무엇 무엇일까? 심중으로 손가락을 몇 개나 꼽았던가? 오 분 후면 머릿속이 하얘져 가는 시간이다.

드디어 개그맨은 더 이상의 문진이 없다는 듯 행동을 멈춘다. 빠트린 건 없나 돌이켜보는 것이다. 잠깐을 고민하던 그는 차트에 기록하고 나서 진료 소견을 말한다.

"정밀검사를 해 봐야 보다 확실한 것을 알겠지만, 지금으로 봐서는 환자분께서는 얼굴과 가슴을 제외하고는 왼쪽 팔다리에 마비가 온 것 같습니다. 음— 이럴 경우 수술하는 것과 약물 치료가 있는데요. 에— 다행히 환자분은 빨리 발견되어 병원에 오신 편이기 때문에 약물 치료로도 가능할 것 같습니다. 약물 치료로는……."

이때 종료 벨이 울렸다. 벨이 울리면 학생의사는 하던 말이라도 끊고 나가야 한다. 개그맨은 말을 마치지 못하고 인사를 한다. 환자는 '학생! 네임 스티커 주고 가야지'하는 뜻으로 말은 못하고 오른손 검지만 까닥인다. 개그맨은 얼른 알아채고 노트에서 스티커를 떼어 손등에 붙여주고 나갔다.

학생의사가 문을 닫자마자 안서운 씨는 부리나케 일어나 침대에서 내려와 슬리퍼를 신고 책상으로 가 앉는다. 서랍에 넣어둔 채점표를 꺼내 학생 이름 난에 스티커를 붙이고 채점하기 시작한다. 불과 오 분 안에 해치워야만 한다.

처음 대면할 때 환자를 바라보며 인사하고 자신을 소개했던가? 진료 차트에게 인사하며 자신을 소개하던 그가 생각났다. 주저 없이 3점 만점에서 1점을 뺀다. 증상의 시작에 대해서 질문했던가? '예'다. 뇌졸중과 연관된 병력을 두 가지 이상 질문 했었던가? 고혈압, 당뇨, 심장질환, 뇌졸중, 콜레스테롤 다섯 중에서 혈압과 당뇨를 물어보았다. 예. 정신을 잃은 적과 다친 적을 물었는가? 예. 가족 중의 뇌졸중에 대해 물었던가? 예. 술, 담배, 운동과 스트레스 중 둘 이상 구체적으로 물었던가? 예. 무시증 검사는? 팔을 공중에서 떨어뜨리는 개그를 했지만 제대로 했다. 지남력 검사는? 이번엔 제대로 못했음이다. 이유도 써야 한다. 여기가 어디며 본인이 누구냐고는 물었으나 개그맨은 오늘이 며칠, 아니면 지금이 무슨 계절인가를 물었어야 했다. 검안경 검사는? 역시 잘 못했다. 검안경을 의사 눈에 대고 대각선으로 와서 검안해야 하는데 점심때 먹은 냄새만을 전달했다. 여학생이었다면 봐주었을까? 왜냐하면 학생이 몸을 숙인 자세에서는 CCTV도 잡지 못하기 때문이다. 동공반사 검사를 제대로 했는가? 그렇다. 개그맨은 펜 라이트를 다룰 줄 알았다. 시야 검사는? 하지 않았다. 틀림없다. 얼굴 신경 검사는? 이마의 주름과 함께 화난 복어. 구역질 반사 검사는? 설압자가 한 박스나 있었는데. 노다. 근력검사는? 예. 감각검사는? 핀을 세게 찔렀다. 예. 심부건 반사 검사는? 시늉만 냈었지만 제대로 했음이다. 발바닥 반사는? 예.

개그맨에 이어 두 명을 더 치렀다. 그때까지는 기억의 발전기가 그런대로 돌아갔다. 그런데 네 명째의 채점표에서부터 털털거리기 시작했다. 안서운 씨는 머릿속이 하얘진다. 얼굴도 그럴 것이다. 모니터를 보고 있는 감독이 눈치채지나 않을까? 채점은 용서 없이 안서운 씨를 재촉한다. 의사는 세정제로 손을 씻었는가? 신체 진찰 시 환자의 옷을 적절하게 벗기고 가려 주었는가? 미리 설명이 있었는가? 진찰 과정 중 불편이 없었는지 물었는가? 자상하고 편안하며 친근감이 느껴졌는가? 환자의 말을 충분히 들어 주었는가? 병 외의 이야기에도 관심을 갖고 격려해주었는가? 대화의 분위기는? 인격적이고 예의가 있었는가? 진료 결과의 설명은

쉬웠는가? 전문적인 용어만 남발하지는 않았는가? 의사다움이 느껴졌는가? 진료에 대한 만족도는? 교수에게 칭찬의 편지를 쓰고 싶을 정도였으면 '최우수' 다음이라면 '아주 잘함' 그냥 만족이라면 '잘함'을 주라. 진료에 불만이 약간 있었다면 '개선 요망' 다른 의사로 바꿔 보고 싶을 정도로 심각했다면 '최저 수준' 그리고 교수에게 말하고 싶을 정도로 심각했다면 '수준 미달'이다. 알겠는가? 채점해 나가는 사이에 머리는 점점 진공 상태로 변한다. 순간 갑자기 높은 곳에서 다이빙하듯 안서운 씨의 몸이 바닷속으로 빠르게 잠긴다.

안서운 씨는 오른손에 쥐고 있던 볼펜을 떨어뜨리고 일어나 겁에 질린 채 휘청휘청 침대로 쓰러졌다. 와중에 아내의 얼굴이 보였다. 눈을 부라린다.

"왜 새벽같이 안 하던 짓을 하더니 그러고 자빠졌어. 대체 아이들은 어떻게 할 작정이야?"

아내의 잔소리가 물속으로 잠긴다. 검고 푸른 바닷물이 머리 안으로 스멀스멀 배어들더니 매캐해지며 가득 찬다. 일어나려고 팔다리에 힘을 써 보지만 돌덩이가 매달려 있다. 안서운 씨의 반쪽은 일어나려고 용을 쓰는데 다른 한쪽에서 "일어나면 절대 안돼!"하며 말린다. 생각과 몸이 마른 땅 위의 지렁이 꼴이 되는가 싶더니 실제로 몸이 말을 안 듣기 시작한다. 젖 먹던 힘을 써 보지만 콘크리트처럼 굳어져 간다. 왼쪽이 아니라 오른쪽 팔다리의 신경줄이 툭툭 떨어져 나간다. 얼굴의 오른편에서 드라이아이스가 밀고 들어온다. 움직일 수가 없다. 얼굴의 반쪽이 없어졌다. 세포 반쪽들이 일제히 서릿발처럼 일어서며 외친다. 마비다, 마비! 비상!하고 외치며 시피엑스*를 발령한다. 절망감이 두터운 커튼처럼 눈앞에 드리운다. 무거워져 가라앉는 머리 위로 스피커가 켜지며 감독의 목소리에 커튼이 검게 변한다. 바위처럼 내리누른다.

"그렇지! 바로 그거예요, 안 선생님! 지금처럼 하시란 말입니다. 자력으로 일어나서는 안 되는 거 아시죠? 마비환자는 못 일어납니다. 자꾸 일어나려고 용쓰지 말란 말이에요. 아시겠어요!"

*시피엑스: 의과대학교 모의환자 시험명칭.

더블백에는 인어가 산다

내가 죽었다. 미련은 없다. 인정한다. '오봉길'이라
는 이름의 내가 몸을 버리고 이승을 떠났다는 사실을
수긍할 수밖에 없다. 그러나 육체가 없으니 가벼울 터
인데 어디서 무엇인가가 당신에게 아직 볼일이 있네 하
고 잡는 것은 무어란 말인가. 오징어라도 씹다 이에 껍
질이 낀 이 느낌은 무엇이란 말인가.

미련은 없다 했지만 좀 억울하다. 세상에 억울한 사
연 한편 없이 편안하고 행복하게 죽은 사람들이 얼마
나 될까마는, 나 역시 생을 돌아보니 몹시 원통한 일은
없으나 이렇게 허무하게 죽기엔 무엇이 걸린 듯 답답
하다. 가슴은 육신과 함께 버려졌으나 느껴진다. 비록

영혼이지만 이승에서의 감정을 아직 느낄 수 있다. 나중에 알았지만, 나처럼 죽은 지 얼마 안 된 초보 영혼들은 얼마간이라도 이승을 내려다보면서 못다 한 사랑을 바라보며 안타까워한다. 원한을 사거나 돈이라도 떼인 사람에게는 분노도 느낀다.

나는 귀신이라고 불리는 고참 영혼들에게도 흥미가 있지만, 이승의 시간으로 백 일이 지난 영혼들은 저승으로 갈 준비에 아무런 감정을 느낄 사이가 없다. 그러나 이승에 한 맺힌 사연이나 질긴 인연으로 감정의 고리를 끊지 못하고 저승으로 가는 길목을 잊은 채, 갈피를 못 잡고 떠도는 영혼들도 간혹 있다는 것이다. 그러나 지금은 그럴 새가 없다. 내 영안실을 내려다보기에 바쁘기 때문이다.

직십자병원 영안실 8호. 오봉길의 이름으로는 이승에서 마지막으로 차지하는 공간이다. 슬프지 않았다. 익어 가는 딸기코의 추레한 내 영정은 시골 큰할아버지 방에 걸려 있던 증조부의 액자 속과 붕어빵이다. 내 몸, 아니 이제는 내 것이 아닌 엊그제의 나였던 그 몸은 어디에 있을까? 지금 이 혼이 담겨 이승에서 태어나 슬프거나 기쁘거나 오봉길로 명명되어 살아온 반백 년의 파란만장한 그 껍질은 어디에 있을까? 알아볼 것도 없었다. 나는 휙! 벽을 통과, 지남철처럼 당겨가듯 영안실 뒤로 붙었다. 초보 영혼이라서 그런지 춥다. 이리 휙! 저리 휙! 기척을 해대며 내 신세처럼 되어 버린 초보 영혼들이 어쩔 줄을 몰라 당황해하고들 있다. 어떤 동기생은 시신이 담긴 관의 손잡이에 올라앉아 울고 있다. 스텐레스로 된 캡슐텔 속에는 이미 영혼들이 빠져나가 볼일 없게 된 몸들이 박제처럼 누워 있었다. 나의 몸이었던 사체는 사지가 멀쩡하지 않아 붕대로 칭칭 감긴 채 매미의 고치 같은 모양을 하고 있었다. 나는 무심했다. 이젠 내 것이 아니니까 슬프지 않았다.

영안실의 내 자리에는 향이 연기를 내며 사람들과 우리들에게 차분하라고 일러 주고 있었다. 문상객은 많지 않았다. 조금 화가 났다. 사회생활을 시작하며 친인척은 물론, 직장과 동창회의 부고 소식엔 빠지지 않고 참석했건만 서운했다.

내가 꿈에서도 잊지 못하던 아들 지명이와 지헌이가

작년 할아버지가 돌아가셨을 때, 사서 준 검은 양복을 빼입고 슬픈 얼굴을 하고 서 있다. 보는 입장에서 슬프다는 것이지, 저 애들의 머리엔 다른 생각이 들어 있는 것을 느낄 수 있다. 아들은 엄중했던 코로나 사태에서 위드 코로나로 바뀐 지금, 회사 사람들이 과연 어느 정도 와 줄 것인가와 삼일장 내내 이렇게 서 있어야 되는 걸 걱정하고 있다. 아들 가슴속의 오장이 잔뜩 수축되어 있었다. 떨고 있는 것이 보였다.

상주들이 서 있는 앞에는 아까부터 누군가가 고개를 떨구고 앉아 있다. 다른 문상객들이 향을 피운다, 절을 한다, 해도 아랑곳하지 않는다. 그들이 상주와 애도를 하는 와중에도 태연했다. 사람들도 개의치 않는다. 앗! 그는 사람이 아니었다. 나와 같은 신세가 된 작은 걸레였다. 나는 그 앞으로 휙! 갔다.

"아니? 너 작은 걸레 아니냐? 넌 후두암으로 죽었잖아!"

"누가 아니래? 나 너 찾아왔다. 네가 못 알아볼까 봐 옛날 옷 걸치고 알아볼 때까지 여기 있었지. 그래, 니 껍데기 본 소감이 어떠냐."

"이야! 암 수술 받고 나서는 말을 못했었잖아. 이젠 말 잘하네?"

"너도 이젠 죽었기 때문이지. 의사소통이 되니까 나도 시원하다. 벙어리였을 때는 얼마나 답답했었는지 아니? 할 말을 일일이 써 보여야 하는 고생이란. 그래도 마누라 다음으로는 네가 제일 빨리 알아먹더구만. 고마웠다."

"야. 말 마라. 나도 네가 먼저 떠난 후부터는 제대로 되는 일이 없어 악몽 그 자체였다. 얼마나 고생했는지 아니? 이야기하자면 삼국지다."

"대충 알지. 가끔 위에서 네가 고생하고 있는 장면을 보다 가곤 했거던. 너 퀵써비스 하다가 이렇게 됐잖아."

"얌마. 그럼 좀 도와주지. 내가 힘들 때 모르는 척했다는 거 아니냐?"

"그게 가능한 일이 아니란다. 그리고 너도 차차 알겠지만 위에서 보면 모두 허무한 짓거리로 보이거든. 울고 웃고 싸우는 모두가 한낱 꿈이란다. 조금 긴 꿈이랄까. 그래도 얼마 전 네 동생이 한번 너 찾아갔을걸. 그나저나 나는 그만 가 봐야겠다. 어기저기 구경 실컷 하다가 백일 후에 잘 찾아오너라. "

"잠깐. 어디로 찾아가란 말이냐?"

"걱정하지 마. 저절로 알게 돼."

"그래? 그럼 그때 다시 만나 회포 풀자."

"하하. 그때는 아마 만나도 서로 모르는 영혼처럼 도통들 해 있을걸. 지금 이런 우리들의 대화도 네가 아직 초보 영혼이기에 가능한 것이지. 바이ㅡ"

대학 동기였던 그는 한동안 걸레 스님에게 심취해서 이 년여를 따라 다니다 '작은 걸레'라는 별명을 얻은 후, 아버지의 대를 이어 종로에서 유서 깊은 카메라 수리점을 했었는데 핸드폰의 카메라가 문을 닫게 해 주었다. 어려서부터 음악을 선택한 아들 과외비 대느라 진이 다 빠졌었는데도 담배와 술을 밝혀 후두암으로 고생, 수술하고 나서는 음성을 잃게 된 친구였다. 그 후로도 술과 담배는 독이라는 의사의 경고를 무시하다 작년에 죽고 말았다. '돈 모아 놓은 것 없지. 커 버린 아이들에게 부담 주기 싫다고 자살한 것 같아요. 그렇지 않고는 망가진 목으로 술을 그렇게나 마실 수는 없지요.'

장례식장에서 부인이 한 말이었다. 그러나 부인과 아들은 그가 일찌감치 가입해 놓은 다섯 개의 생명보험 덕으로 생활은 뽀송뽀송해졌다. 잘 가거라 백 일 후에 보자 하는데 아! 생각났다. 이에 낀 오징어 껍질이 빠져나왔다. '작은 걸레' 때문이었다. 그의 우상 걸레 스님. 그의 가방은 망태기……, 아! 가방이다. 내 여행 가방은 어디로 갔을까?

둘째는 아버지가 죽어 슬픈 것보다 엄마가 과연 이곳에 올까 생각하며 심란해하고 있는데, 모자의 필이 통했는가 아들의 엄마 그녀가 왔다.

"이자춘 여사."

고교친구 배익이 그렇게 불러 주면 기분 좋아했었지. 허영심이 좀 과했지만 매사에 철두철미했던 장군 타입의 여사. 넘겨짚기 잘하고 말꼬리 잡는데 선수였지만 신앙심이 강했던 여사. 삼십여 년 전 못난 남편을 만나 인생을 자칫 망칠뻔했던 여사. 그녀가 왔다.

그녀는 주위의 눈총에 약간은 겸연쩍어 하면서도 아들들과 포옹하고 묵념하며 눈시울을 적시더니 아는 척

하는 나의 옛 친구들에게는 눈길 한번 주지 않은 채 돌아섰다. 노모가 계신 곳으로 간다. 노모는 그녀의 손목을 붙잡고 또 눈물을 글썽인다. 많지 않은 친척들이 이게 누구야 오랜만이네 어쩌구 하며 자리를 내어 준다. 그러나 조금 전만 해도 오빠가 돈을 좀 번 모양이던데에…… 불쌍하게 써보지도 못하고오…… 아이구ー 곡을 하던 여동생의 언동에서, '아니 돈을 벌다니 작년에 꽃집 하다가 망했잖아. 그 나이에 무슨 사업을 했기에, 복권이라도 당첨됐으면 몰라도…… 복권?' '복권이라니 그게 무슨 말이야 동서?' 저마다 촉수를 곤두세우곤 물밑으로 정보 캐기에 바빴다는 것을 다 안다.

그녀는 인사를 하고 10분 정도 더 앉아 있다가 일어선다. 돌아가는 어머니를 따라 아들이 뒤따라가며 귓속말로 몇 마디 주고받는다. 비록 귀가 없으나 들린다. 나는 어딘가에 있을 내 가방을 찾으러 나서다가 뒤로 미루고 그녀의 뒤를 쫓는데 아! 이번에는 억울한 것이 생각났다.

이십 년 전, 강남구 신사동의 '모두랑 호프' 집 사

건. 나에게 큰 힘이 되어 주었던 연상의 호프집 여주인 최은실.

'이승에선 이름이 생각 안 나 입에서만 뱅뱅 돌더니 죽으니까 생각나는구나.'

당시 보험회사 소장이던 나는 직원들과 회식을 하고 입가심으로 2차 간 곳이 모두랑 호프집이었다. 그런데 그 집의 북어포가 신선한 맥주와 일품이었던 것이다. 좀 더정확히 말하자면 북어포를 찍어 먹는 소스와의 조합이 정말 괜찮았다. 그래서 나는 나 뿐만이 아니라 회사 사람들이며 친구들에게 소스 맛의 북어포를 선전, 꽤 여러 사람들을 단골로 만든 적이 있었다. 고마워서일까. 이번에는 내 직업을 알고 나서 주인은 자기 오빠 회사의 보험물건을 소개, 체결하게 하는 등 급기야 나는 동지애를 느끼게까지 되었다. 자연 나의 귀가 시간은 늦기 일쑤였고 씀씀이도 가랑비에 옷 젖는 꼴이 되었다.

그러던 어느 날 그녀의 소개로 신규 모집인으로 온 영준이 엄마가 들려준 말. "불쌍한 친구예요. 애를 못 낳아 일찍 이혼 당하고 혼자 살고 있지요."

남의 불행은 곧 나의 행복이라 했던가. 내겐 낭보가 아닐 수 없었다. 호시탐탐 늑대의 발톱을 세우려는데 '이자춘 여사'의 발톱에 먼저 걸리고 말았다.

밤 11시가 다 되어가는 시각의 어느 날이었다. '어젯밤 이 가게에서 그녀에게 집적거리는 취객을 해결해 주었으니 오늘은 우선 손목까지 진도를 나가 볼까나?' 하며 혼자 기분 좋은 상상에 빠지는데, 문이 열리더니 여사가 나타났다. 깜짝 놀라 하마터면 생맥주잔을 떨어트릴 뻔했다. 왜냐하면 여사가 한 번도 현장 출동한 적은 없었기 때문이었다. 나는 꿀단지를 핥다가 며느리에게 들킨 시아비처럼 겸연쩍어진 얼굴을 손으로 문지르며,

"어? 당신이 웬 일이야? ……잘 왔어. 같이 마……마시지."

하였지만 여사는 내가 언제 술 먹는 것 보았냐는 투로 내 얼굴을 한번 쓱 째려보고는 호프집 여주인에게,

"당신이 여기 주인이세요?" 시비를 걸기 시작했다.

안 되겠다 싶어 나는 "여보, 이러면 안 돼. 우리 나가자구."

무슨 영문인지 모르는 호프집 주인은 아직 사태 파악이 안 되는지 멀뚱하니 서 있다가 내 처인 줄 알자 "아, 안녕하세요?" 한다. 나는 여사의 팔을 잡아끌며 나가자고 한다.

"당신이나 나가세요." 착 가라앉은 여사의 목소리에는 앞으로 전개될 일이 담겨 있었다.

"처음 보는 사람에게 지금 실례하고 있는 거 알아!"

나는 점잖게 여사의 손을 잡고 가게를 나오려 했으나, 나도 모르게 큰소리와 함께 손목에 힘이 들어갔다.

"흥! 방귀 뀐 놈이 성낸다더니 당신은 잠자코 있어요!"

한번 화가 나면 물불을 가리지 않는 불같은 성질에 휘발유를 쏟은 격이 되고 말았다. 홀 안의 손님들은 '아이구, 저 덜떨어진 쪼다 방귀 같은 남편 녀석을 보았나. 쯧쯧.' 혀 차는 환청의 화살을 일제히 내게 쏘았다. 화살 세례를 온몸으로 받은 나는 그만 견디지 못하고 그 자리를 벗어났다. 다른 남자 같으면 부인과의 일전에 대비, 다른 술집에서 고주망태가 되어 들어갔을 터인데 나는 쫓기듯 택시를 타고 집으로 줄행랑을 놓았다. 그리고는 자리에 누워 눈을 감고 끙끙대기만 했다.

여사는 한 시가 되어서야 들어왔다. 끙끙 소리를 멈추고 잠든 척하니 베개 옆으로 뭔가가 툭 하고 떨어졌다. 실눈으로 보니 집에서 쓰는 작은 식칼이었다.

"그년하고 대한장에서 바람피웠으면 내가 그년을 확 찔러 버렸어! 이번엔 내가 참는 줄 알어. 당신, 똑바로 해 정말! 살인 나기 전에!"

나는 계속 잠든 척 연기했으나 이미 온몸이 굳는 듯했고 나의 남성은 불쌍하게도 숨어 버렸는지 여성의 그것처럼 손에 잡히지도 않았다. 대한장? 대한장? 어디서 많이 듣던 이름인데? 모텔 이름인가? 여관? 하다가 아! 맞다, 나는 그제야 대한장의 정체를 기억해 냈다. 모두랑 호프집에서 얼마 안 떨어진 곳에 건물 한쪽은 여관이요 한쪽은 사우나를 하는 곳이 있는데 대한장은 그 건물에 있는 여관이었던 것이다. 아침이 되자 의문이 풀렸다. 식탁 위에는 아침 식사 대신 용의선상에 오른 증거품인 타월이 놓여있었다. 타월엔 대한장 모텔이라고 온천 마크까지 새겨져 있었다. 내가 자동차 용 걸레로 쓰기 위해 사우나 갔다가 하나를 슬쩍한 것이었는데, 아! 역시 도둑질하면 필히 죄를 받는다는 말이 그르지 않구나, 하면서도 나는 반대편에도 찍혀있는 대한 사우나 글씨도 보여 주었다. 그리고 여사를 태우고 모두랑 호프에서 그리 멀지 않은 대한 사우나며, 대한장 모텔을 현장 검증까지 한 후 여사의 조사는 싱겁게 끝이 났다. 나는 부드러운 목소리로 말했다.

"그럼 이제 의문이 풀렸으니 호프집 주인에게 사과 전화라도 하는 게 어때? 그 사람 오빠가 내겐 큰 거래처인데……"

또 여사의 눈이 옆으로 째지며 상태가 험해진다. 몇 년 전 협회의 간사 여직원과도 오해했던 여사는 이걸 못 참고 넘기다가, 사과를 요구하는 그 여직원과 다방에서 대판 싸운 일이 있었다. 그때도 끝까지 사과를 하지 않아 여직원이 혀를 내둘렀다고 하였다.

아무튼 그날 밤, 가게 문을 닫는 심야까지 이자춘 여사에게 호프집 여주인 최은실 씨는 얼굴을 붉혀가며 '잘못 보신 거예요.' 대들기도 하며 아무런 관계가 아니라고 부인해도 이자춘 여사는 막무가내로 최은실을 따라다니며 주위를 시끄럽게 했다.

다음날부터 이웃 가게 사람들이 이상한 눈으로 보는 통에 하소연도 못하고 고민하다 〈모두랑 호프〉는 얼마 지나지 않아 다른 곳으로 이사를 가고 말았다. 내게 얼마나 실망했을지는 안 보아도 비디오였다. 마른하늘에 날벼락 맞은 꼴인 호프집 여주인을 나 몰라라 팽개치고 도망을 쳤으니, 그녀가 억울해서 파출소를 찾지 않은 것만도 다행이었다.

　따지고 보면 여사의 의부증도 모두 내 탓이었다. 신혼 때의 일이었다. 나는 어느 선배의 유혹에 넘어가 선배의 애인 집이라는 아파트로 놀러간 적이 있었는데, 이미 서너 명이 모여 대낮부터 양주 파티를 벌이고 있었다. 거기다가 물어보지는 못했으나 수상쩍은 담배도 말아 피우는 것이었다. 담배를 피우지 못했던 나는 야릇한 분위기에 굴복하여 절반 가량의 담배를 얻어 피우고는 그만 곯아떨어지고 말았다. 밥도 못 먹고 그 집에서 이삼일 동안 사경을 헤매다 정신을 차리고 집으로 왔었는데 집사람에게는 물론, 부모 형제에게까지 사면초가로 혼나는 망신을 당한 것은 물론이었다. 여사의 증세는 아마 그때부터였을 것이다. 덕분에 고드름 같이 단단하다고 생각했던 나의 영업 거래처이자 좋은 먹 잇감이 될 뻔했던 '동지애'는 여사의 불같은 성격 때문 에 땡볕에 흔적도 없이 녹아버린 꼴이 되고 말았다. 이 렇게 여사가 처방하는 예방 주사가 잘 들어맞아 덕분에 나의 바람은 항상 핫바지 속 방귀 새 듯, 무엇하나 이루 어지는 법이 없었다. 나야말로 원통해서 파출소를 찾 고 싶은 심정이었다.

갑자기 삼일 전 내가 죽던 일이 생각났다.

꿈이 심상치 않았다. 십 년 전 끊어진 조선의 막사발 을 재현시켜 보겠다고 일본의 야마구치현 하기(萩)로 간 동생이 보였다. 그러나 동생은 그곳에서 성공하질 못했다. 임진왜란으로 수많은 도공들이 끌려가거나 회 유를 당해 일본의 이곳저곳에서 뿌리를 내리고 많은 후 손들이 지금까지 나름 끈기 있는 명맥을 이어왔어도 정 작 본 뿌리에서 건너온 동생에게 가르쳐 줄 비법 전수 에는 인색했다. 이미 완전히 일본인이 되어 버린 그들 에게 견디지 못한 동생은 가마에서 큰 화상만 입고 폐 인이 되기 직전, 내가 데려와야만 했다. 나이가 지긋하도록 결혼을 못한 동생은 화상으로 인해 대인 관계를 피했고, 형수인 이자춘 여사는 그런 동생을 항상 웃음으로 대해 주었다. 엷은 비웃음이 숨어 있긴 했지만. 동생은 결국 한국사회에서도 적응하지 못한 채 자신의 손으로 생을 마감하고 말았는데— 그 동생이 꿈에 나타나더니 내게 등을 보이며 무엇을 들여다보고 있었다. 다가가 보았더니 무슨 화투 같은 것을 보고 있었다. '장땡이라도 잡았나' 하며 자세히 보았더니 복권을 손에 쥐고 들여다보고 있었다. 나는 동생의 등 뒤에서 보고 있다가 자명종 소리에 잠이 깨었다.

나는 침대에서 일어나 앉았다. 침대 밑에는 내가 소중하게 여기는 여행 가방이 있었다. 가방이라고는 했지만, 바퀴가 달려 있는 여행 가방이나 서류 가방도, 브랜드가 붙어 있는 스포츠 가방도 아닌 더블백이었다. 훈련소에서 나와 일등병 계급장을 달고 이것을 메고 가면 헌병도 빙그레 웃기만 하던 추억의 국방색 더블백이었다. 동생이 제대하며 내게 준 것이었다. 나는 동생 생각이 날 때, 가방을 열고 들여다보면 마음이 편안해졌다.

세수도 하는 둥 마는 둥 방으로 돌아온 나는 심호흡을 한 번 하고 자리에 앉아 책상 위에 놓인 300미리 우유갑을 흡사 전방의 적병 보듯 노려보았다. 오늘이 금요일이니 내일 저녁 8시 45분에 추첨할 것이다. 심호흡을 한번 하고 속이 빈 직사각형의 우유갑을 집어 들었다. 아니다. 우유갑 안은 속이 빈 것이 아니라 숫자가 쓰여진 45개의 초코볼이 들어 있었다.

'촬! 촬! 촬!'

두 손으로 흡사 바텐더가 쉐이커 병을 흔들 듯하다 우유갑의 밑둥에 이 센티 크기의 구멍을 막았던 엄지손가락을 재빨리 치웠다.

초코볼 하나가 '떼구르르─' 방바닥으로 떨어져 굴렀다.

24.

'옳지! 시작이 좋다.' 24는 역대 로또 당첨번호 중 가장 빈번히 나왔던 번호 아닌가?

24. 08. 11. 03. 44. 21. 오늘은 꿈도 좋으니 한 열 장살까 하다 수십 장 산다고 되는 것이 아닌 것을 경험으로 알기에 '과욕은 금물.' 원칙을 지켜야지 하며 한 장

만 사가지고 강남의 퀵서비스 사무실로 출근했다. 들어서는 나에게 기다렸다는 듯 사장이 '보보스! 동평화!' 하고 외친다. 나는 역삼동에 있는 보보스 회사의 샘플을 받아 평화시장 거래처로 내달려야 한다. 경제가 어려울수록 스피드를 요하는 세상이 되었다.

동대문 평화시장, 성남 중앙병원, 인천 남동공단, 고양시 항공대, 여의도 KBS를 바람처럼 오토바이로 누비니 오후 여섯 시 오십 분이다. 강남에서의 퀵서비스 '오더'는 더 이상 없을 것이다.

집으로 돌아왔다. 나의 보금자리 원룸엔 아무도 기다리지 않는다. 보험회사 영업소장을 그만두고 시작했던 꽃집도 망해 먹고 부도가 나니 집사람과의 관계도 부도가 나 이혼을 하고 말았다. 작은아들과 큰아들은 다행히 회사 생활을 하며 엄마의 아파트에서 살고 있다. 나는 혼자 산다.

여덟 시 십오 분. 에스비에스의 로또 추첨이 시작되었다. 이번 주도 팔백십사만 명 중의 한 명이 혹은 대여섯 명이 번개 두 번 맞고 살아날 것이다. 아직도 전국에

백 대나 있다는 84년 단종된 포니가 명동에 세 대나 동시에 나타날 확률이 탄생하는 순간인 것이다.

그러나 나는 수년간 혹시나 했던 기대는 언제나 역시나 였으므로 당첨에 대한 기대감은 버린지 오래. 습관적으로 산 것뿐이다. 그래서 지금은 TV에 목을 빼고 복권을 맞춰보는 멍청한 짓은 안 한다. TV는 습관상 켜놓은 채로 음악을 들으며 뒤적거리다가 아침에 만든 김치찌개를 한 번 더 끓이기 위해 일어선다. TV에서는 긴장된 백 뮤직에 맞춰 아나운서가 1등의 번호를 부르는 모양이다.

"21! 03! 24!……"

나는 무심하다. 다시 부른다.

"21. 03. 24. 44. 11. 08! 1등 당첨을 축하합니다!".

'……? ……? ……! ……! ……!!'

가슴 한구석에서 고개를 삐죽이 내밀고 있던 기대감이 미끄덩! 소리를 지르며 뜨겁게 심장 속으로 파고들었다.

'에이, 설마! 내가 미쳤지. 4등 아니, 한 3등 정도 된 모양? 한번 맞춰 봐?' 하며 잠시 복권을 어디에 두었더라? 생각했다. 숫자 3개가 일치하는 5등에 당첨되어 5,000원어치 복권과 바꿔 그 다음주는 모두 꽝이었던 경험과, 심지어는 4개나 맞은 적도 있어 역시 상금 5만 원어치 복권이 또 몽땅 꽝인 적도 한 번씩 있었던 것이다.

혹시 3등은 아닐까, 생각하며 가슴이 두근거렸다. '그렇다면 상금이 이백만 원은 될 텐데 그 돈으로 무엇을 하지? 큰애 라식 수술? 작은애 전자 기타? 아냐. 혹시 보너스 숫자도 확인해 봐야겠군. 2등일 것 같은 예감도 들고ㅡ'

2등이라면 몇천만 원은 좋게 될 것이다. '흥! 내 복에 무슨⋯⋯'

주머니에서 복권이 나왔다. 아까 부른 숫자와 분명 네다섯은 일치하는 것 같았다.

'이런!' '설마!'

두 단어가 동시에 튀어나왔다.

나는 눈을 크게 뜨고 복권에서 눈을 떼지 못했다. 머리가 띵해 왔다. 다섯 개는 분명 맞나 본데⋯⋯ 이것이 럴 수가?! 꿈인가? '침착하자.' '확인 해야지.'

아뿔싸! 프로그램은 이미 끝나서 광고가 나오고 있었다. 나는 방바닥에 앉아 눈을 감고 한동안 멍한 상태로 있을 수밖에 없었다.

얼마나 시간이 흘렀을까. 한동안 쇼크 상태에서 헤어나지 못하던 나는 적어도 2등은 틀림없다는 확신이 서자 비로소 침착할 수 있었다. 인간에겐 큰일 앞에서는 오히려 침착해지는 능력도 잠재해 있는지 그 침착은 ARS전화와 인터넷에서 이등도 아닌 일등으로 당첨된 일곱 명 중의 한 사람이라는 것을 알고 나서도 유지할 수 있었다.

나는 퀵 사무실로 전화해서 몸이 안 좋으니 오후에나 나가겠다고 말했다. 사장이 '아니 지금 한창 바쁜데……' 짜증 내려다 '목소리가 왜 그러세요. 몸이 많이 아프신가보네' 했다. 나는 누구와 동행할까 하다가 혼자 농협은행 본점으로 갔다. 은행의 화장실로 들어가 여동생에게 전화를 걸었다. (정남이냐? 마침 집에 있었네? 그래. 오랜만이구나. 미안하다) (오빠유? 정말 오랜만이네. 작년에도 올해도 아버지 차례에도 오지 않고 대체 어찌 된 거유. 혹시 나한테 돈 빌려 간 것 땜에 그런 거유? 그것 때문이라면 괜찮다고 그랬잖아. 그까 짓 돈 천만 원 내가 오빠한테 떼인다고 세상 무너지겠 수. 돈 없으면 몇백은 또 만들어 드리게. 제발 얼굴 좀 보고 삽시다. 오빠!)

(야! 너 나를 어떻게 보고 그런 소리만 하냐. 이 오빠 아직 안 죽었다. 그렇지 않아도 네 돈 갚으려고 전화했 다. 옛날 그 계좌 번호 아직 살아 있냐? 농협 말이야. 그 래? 알았어. 잘하면 오늘 넣을 수도 있을 꺼다. 뭐? 웬 돈? 그래그래. 하늘에서 떨어졌다. 일간 시골 어머니 모시고 한번 보자. 그래 잘 있어. 고마웠다. 아니, 그냥 고맙다는 거지. 그래. 끊는다.)

나의 유일한 여동생 정남이는 남자로 태어났어도 좋 았을 그런 애다. 집안의 반대를 무릅쓰고 달랑 두 쪽밖 에 없는 청년과 주위의 눈총을 받아가며 연애결혼을 했 다. 요즘 세상에 딸 셋을 다 결혼시키고 세 사위가 경쟁 이라도 하는 듯 잘해 복이 터졌다. 지금은 어렵사리 중 산층 대열에 들어서는 여리고 착한 여자다. 내가 오빠 노릇을 못해 탈이지.

이혼 후 무엇이라도 해 볼 양으로 가진 돈 오천만 원

과 여동생에게 빌린 천만 원으로 아는 사람 건물의 입구 한 귀퉁이에서 꽃집을 하다 건물이 넘어가는 바람에 돈만 날리고 말았다. 그러나 어둡고 힘들었던 과거의 기억도 당첨금을 찾으러 가는 지금은 은행 안의 로비가 꿈길이다. 진시황제 행차 길에 깔아 놓은 금빛 비단길이다. 어제만 해도 온통 가시밭길이었다. 인간은 이렇게도 간사한 동물인가. 십이 층으로 올라가 복권을 제시하고 신원 확인을 거치자, 은행직원은 세금을 제한 팔억 이천만 원을 내 계좌에 넣어 주었다.

통장과 도장을 주머니에 넣고 나왔으나 걸을 수가 없었다. 다리가 떨려서라기보다 눈이 부셔서였다. 농협은행 본사가 있는 충정로에 빛이란 빛은 다 집합했는지 밝아서 걷기가 힘들었다. 차들이 날아다니는 것처럼 보였고 내가 언제 공중 부양을 배웠는지 떠가는 것이었다. 환상이 보이는 것이었다. 길가 벤치에서 노숙자처럼 넋을 놓고 있다가 다시 정신을 차린 나는 다시 은행으로 들어갔다. 우선 정남이에게 빌린 돈을 보내야겠는데 금액이 정해지지 않았다. 마음 같아선 원금의 열 배를 보내고 싶으나 소문이 퍼질 것이다. 의리와 소문 사이에서 갈등하다가 오천만 원을 송금했다.

공중부양을 하면서 돌아온 나는 고향에 홀로 계시는 어머니께 모레쯤 내려가 뵙겠다고 전화하고 퀵서비스 사무실로 갔다. 다들 나가고 나의 애마 혼다 250만이 남아 있었다. 꽃집 할 때도 써먹긴 했지만 다니던 직장이 부도가 나서 문을 닫자 젊었을 때부터 즐기던 오토바이도 써먹을 겸 임시로 잡은 일터가 퀵서비스였다.

'그동안 수고 많이 했다. 내일부터는 너와 이별이다.'

오토바이 안장을 두드려 주고 있는데, 부천에 있는 진성레미콘에 가는 서류가 있다는 오더가 왔다. 나는 컨디션이 안 좋아 못하겠다고 하려다 마지막 애마를 타 보기로 했다. 달리면서 통장의 감촉을 마음껏 만끽하리라. 출발하기 전 가죽조끼 주머니에서 통장을 꺼내 손잡이에 붙은 붙박이 장갑 안으로 집어넣었다.

부릉! 시동은 경쾌한 음악 소리다. 시원스레 달려 나갔다. 남부순환로로 해서 트럭터미널을 지나 신월삼거리에서 좌회전하자 오정로로 이어지는 새로 닦인 대로가 시원스레 펼쳐졌다. 속도를 70에서 80으로 높였다.

레미콘 차를 추월하자 젖은 자갈을 가득 싣고 달리는 트럭이 무섭게 앞서 달린다. 속도를 약간 낮췄다. 간혹 작은 자갈들이 속도를 못 이기고 땅에 떨어지면 뒤따르는 차는 대단히 위험하다. 자갈은 관성의 법칙으로 딱딱한 아스팔트에 떨어지기 무섭게 물제비 치듯 튀어 오르다 급기야는 뒷 차량의 유리창 따위를 박살내기 쉬운 것이다. 속도를 줄였다. 헬멧의 그라스를 내리려고 붙박이용 장갑에서 손을 뺐다. 순식간에 통장이 딸려 나와 바람에 날려갔다. 앗! 큰일났다! 당황했으나,

'통장은 본인이 가면 언제든지 재발급되니 큰일은 아니야.'

앞서가던 그 트럭에서 자갈이 몇 개인가 떨어져 튀어 올랐다.

'설마 맞을 확률은 없겠……'

딱! 뇌를 울리는 벼락소리와 함께 몸과 오토바이가 함께 꺾임을 마지막으로 한 채 의식은 사라졌다.

얼마나 시간이 흘렀을까? 사람들의 혀 차는 소리와 함께 붉고 푸른빛을 내는 경광등이며 사이렌소리도 아

련히 들리는 듯한 착각. 갓길 저 너머에 부서진 오토바이가 고철처럼 보인다. 또 그 너머엔 음식물 쓰레기 자루 같은 게 터진 채 엎어진 것이 있다. 무얼까? 휙! 하고 가까이 가 보니 사람이다. 그런데 죽은 것 같다. 쯧쯧 사고로구면. 누굴까. 피범벅 얼굴이라 누군지 알아볼 수가 없네. 그런데 어디서 많이 본 사람 같다. 누굴까. 그것 참, 그 사람 나하고 정말 비슷하게 생겼네. 3일 전 일이었다.

더블백 가방을 찾았다. 가방은 이자춘 여사와 아들들이 사는 분당 아파트에 있었다. 한 번도 가본 일이 없건만 이번에도 나는 슈퍼맨처럼 날아 동 호수도 모르는 그곳으로 정확하게 찾아 들 수 있었다. 가방은 아무도 없는 안방의 한쪽 구석에 꾸어다 둔 보리짝처럼 방치되어 있었다. 나를 보는 기분이 들었다. 가방을 내려다보고 있는데 번호키 여는 소리와 함께 이여사 그녀가 들어 왔다. 여사의 몸은 아직도 나이에 비해 늘씬하고 싱싱하게 보였다. 옷을 갈아입고 난 그녀는 아랫목에 가 눕더니 눈을 감았다. 잠을 자려나. 아니었다. 잠

시 후 벌떡 일어난 그녀는 더블백 가방을 끌어다 앞에 놓고 바라보다가 이윽고 내용물을 천천히 꺼내기 시작했다. A4용지 크기의 인쇄물이 한가득 나오기 시작했다. 그녀는 인쇄물 용지가 어떤 것인지 한 장 한 장 살펴보았다. 〈日本秘湯を守る會〉〈日本の宿を守る會〉 일본어로 된 관광지의 팜프렛과 JR기차 패스 그리고 우리나라의 옛 차표처럼 생긴 열차표 따위가 한다발 나왔다. 내 여권도 나왔다. 그녀는 혼자말로 '이게 아닌데…….' 하며 손을 더 깊숙이 넣어 내용물을 꺼내는데 이번에는 뜻밖이라는 놀라움을 보였다. 도자기가 나왔기 때문이었다. 자세히 보니 그것은 도자기가 아니라 막사발이었다. 그녀의 눈이 반짝였다. 값이 제법 나가는 골동품은 아닌가 세밀히 들여다보았다. 막사발은 금이 가고 이빨도 빠져 있었다. 보이지 않는 이지메를 당하면서도 구운 동생의 막사발이었다. 가마가 무너져 화상을 당했을 때에도 손에서 놓지 않은 것이라고 했다. 그녀는 기가 차다는 듯 '이게 뭐야' 하며 한심한 표정으로 쓰레기통 쪽으로 굴렸다. '어! 안돼 그러지 마!' 막사발은 볼링공처럼 굴러갔다. 그녀는 가방을 거꾸로

들고 아예 내용물을 쏟으려 했다. 위에서 보고 있던 나는 어쩔 줄을 몰랐다. '아? 쏟으면 안 돼. 쏟지 마! 차라리 잠이나 자 버려!' 만져지지 않는 머리끝까지 화가 치밀었다. 참을 수가 없었다. 물론 들릴 턱이 없었다. 나는 그녀의 행동을 멈추게 하려고 그녀의 몸과 가방 주위를 휙 휙 맴돌며 그녀를 욕하며 잠이나 자라고 따귀를 올려붙였지만 소용이 없었다. 나는 잠이나 자라고 영혼의 힘을 다해 고함쳤다.

손에 잡히지 않는 나의 입에서는 고함 섞인 수많은 투명하고도 끈적한 실이 낫토의 실처럼 나오더니 그녀의 몸에 붙기 시작했다. 그녀는 내용물이 잘 쏟아지지 않자 할 수 없이 다시 손으로 하나씩 꺼내기 시작했다. 오색의 실매듭이 나왔다. 내가 꽃집을 시작하면서 오토바이를 샀을 때 여동생이 안전운행을 하라며 짜준 것이었다. 장갑과 모자도 나왔다. 기차여행을 할 때 사용하던 것이었다. 목각 인형도 나왔다. 모두 그녀의 눈에는 허접쓰레기였다. 전화번호부만 한 기차 시간표도 나왔다. '아니 똥자루만 한 것에 뭐가 이렇게도 많이 들어 있담. 로또가 당첨된 통장 같은 건 아예 없다는 말인가?' 그녀는 더블백의 주둥이 안으로 아예 고개를 넣어 살펴보기로 했다. 가방 안은 어두웠다. 통장 뭉치 같은 것이 보였다. 그녀는 머리를 집어넣었으므로 앉은 상태에서 손을 집어넣기가 쉽지 않았다. 머리를 도로 빼고 두 손을 집어넣었다. 그래도 꺼내기가 어려웠다. 딱딱한 것이 통장이 틀림없었다. 그녀는 안을 들여다보다가 똑똑히 보고자 급한 마음에 머리를 집어넣었다. 의외로 가방은 신축성이 있었다. 상체가 쑥하고 안으로 들어가졌다. 어두웠지만 가방 안에서 그녀는 딱딱하게 만져지던 것을 볼 수 있었다. 그것은 연하장 뭉치였다. 통장이 아니었다. 그러나 그녀는 연하장 뭉치 안에 통장이 있을지도 모른다고 생각하고 그 자세에서 하나하나 넘겨 가며 살펴보기 시작했다. 그 사이 자신도 모르게 몸이 점점 안으로 들어가게 되었다. 통장이 없자 실망했다. 화가 난 그녀는 앞에 보이는 것들을 뒤로 팽개치며 포복 앞으로 나아갔다. 가방 안은 끝이 없는 것일까? 식식거리며 분을 못 참던 그녀의 눈앞이 일순 아득해지는가 싶더니 어두웠던 곳이 백색의 빛으로 환해졌다. 깜짝 놀란 그녀는 황급히 뒤로 빠져나가려고 부지런히 손발을 움직였으나 이미 늦었다. 어찌된 일인지 앞으로 나아갈 수는 있어도 뒤로 후퇴하기는 불가능했다. 이러다가는 갇혀서 질식할지도 모른다는 두려움이 들었다. 무서워진 그녀는 이 불가사의한 가방 안에서 빠져나가야겠다고 눈을 감고 환한 곳을 향해 전진했다. 내가 이러다 인어가 되고 말지.

그녀는 정말 인어가 되고 말았다. 인어처럼 전진한 끝에 앞으로 빠져나간 곳은 뜻밖의 세계였다. 수많은 사람들이 오고 가는 곳, 그 사람들의 발밑에 그녀는 누워 있었다. 으악! 그러나 사람들은 아랑곳하지 않고 모두들 쫓기는 듯이 걷기에 바빴다. 눈길은 물론 그녀에게는 눈썹 하나 까닥하지도 않았다. 아니야 이건 꿈이야. 이럴 순 없는 거야. 아 창피해! 그녀는 도리질을 치면서 땅에 손을 짚고 일어섰다. 그러나 일으켜진 것은 가슴까지였다. 다리가 말을 안 들었다. 아니 허리부터였다. 그녀는 몸 아래를 보았다. 엉덩이 부분에서 다리, 발까지는 정말 인어의 그것처럼 검은 고무판 줄로 둘둘 말려 동여매어져 있었고 허리는 아까의 그 가방 더블백으로 둘러져 있었다. 그녀는 으악! 다시 소리를 지르고 기절했다.

'아니 어제는 뭐 하셨나? 인어 아줌마가 낮잠을 다 자네? 어이! 아줌마 인어 아줌마! 그만 자고 일어나. 돈 안 벌 거야? 오늘 대목이잖여. 장날이여. 장날!' 누가 어깨를 흔들어 깬 그녀는 다시한번 주위를 둘러보았다. 아, 땅바닥. 차가운 보도블럭 위 그대로였다. 꿈이 아니었던 것이다. 그녀는 미칠 지경이 되었다. 눈물이 나왔다.

'어라? 시방 우는 거여? 세상에 별일이네? 아줌마가 울 때가 다 있고. 정말 어젯밤에 뭔 일이라도 있던 거여? 신랑과 한바탕이라도 한 거여? 쯧쯧……'

혀 차는 사람은 리어카 장수였다.

'예? 누구세요? 저기요— 아저씨 제가요. 이게 지금 뭔가 잘못된 거거든요. 누가 나를 이렇게 움직일 수 없게 묶어 놨거든요. 저 좀 살려 주세요. 경찰 좀 불러 달란 말이에요. 네?'

'에구! 오늘은 정말 이 아줌마가 맛이 갔네. 신랑이

사람은 좋은디 술만 마셨다하믄 성치도 않은 제 여편네를 괴롭히는 모양이니……. 에잉! 쯧! 여바! 인어아줌마! 정신 들면 빨리 일 나가 봐. 그럼 난 먼저 가 볼팅께. 자 -아 공주 햇밤이요. 햇밤!'

그녀는 이미제정신이 아니었다. 사방을 둘러보았다. 길 가던 사람들이 누워 있는 그녀를 보고는 이크! 하며 길을 비켜 간다. 엄마 손을 잡고 가던 꼬마 남매가 '저 아줌마 인어 같다. 그지?' '응 근데 꼬리가 까매.' 하자 엄마는 질색하며 '조용히 못 해!' 아이의 손을 잡아챈다. 어떤 노인이 쯧쯧 딱하구먼 하며 천 원 지폐를 떨어뜨리고 간다. 떨어지는 지폐를 보며 그녀는 절망하다가 아! 전화! 전화를 해야지, 핸드폰은 아파트 방에 있다는 것을 생각했다. '저기 여보세요. 누가 죄송하지만 우리 집에 전화 좀 걸어 주시겠어요. 누가 좀 저를 살려 주세요. 네?' 그러나 아무도 그녀에게 신경 쓰는 사람이 없었다. 그녀는 대로를 두리번거리다가 교통정리를 하는 경찰을 발견했다. 반가웠다. 그와의 거리를 좁히기 위해 하는 수 없이 기었다. 땅을 짚고 기는 손에는 코팅된 목장갑이 끼어 있었다. 장갑 위로 눈물이 주루룩 떨어졌다.

'이봐요. 경찰 아저씨! 여기 나 좀 봐요. 여기 여기요!'

젊은 청원 경찰이 불법 주정차를 시도하는 차들을 통제하다가 가까스로 부르는 소리에 고개를 돌린다. 경찰은 처음에 누가 자기를 부르는지 알지 못하다가 자기를 부른 사람을 알아보고 웃어 준다.

'아, 왜 그래요. 바빠 죽겠는데. 무슨 일이에요? 인어아줌마.'

저 경찰도 나를 안단 말인가? 도대체 이게 무슨 영문이란 말인가?

'저기요. 내가 지금 뭔가 잘못되었단 말이에요. 그러니 전화! 우선 우리 집으로 전화. 아니 우리 아들에게 핸드폰 좀 걸어 주세요. 네.?'

'에이 아줌마 아침부터 왜 그러세요. 귀찮게. 삑! 삑! 차 빼세요. 삑. 삐ー익!'

경찰은 그녀를 더 이상 상대를 해 주지 않았다.

'야! 그래도 니가 대한민국 경찰이냐?' 그녀는 기가 막히고 약이 올라 소리를 질러 주고 방향을 바꾸기로 했다. 사력을 다해 기었다. 그녀를 향해 '이제 출근하는 거야?' 인어아줌마. 돈통하고 카세트 구르마는 어디다 팔아 먹구 그냥 가? 하는 소리가 들렸다. 무시했다. 사람들의 발길에 밟히기도 하고 채이기도 했다. 그때마다 그녀는 짧은 비명을 질렀다. 동전이 눈앞으로 떨어지기도 했다. 버스 정류장이 보였다. 정류장 이름은 모란 시장이었다. 조금 더 기어가니 택시 정류장이었다. 검은 구두가 눈앞에서 반짝였다.

상체를 조금 들고 위를 보았다. 신사 한 사람이 보였다.

'저 대단히 죄송합니다만 부탁이 있습니다. 제 아들에게 전화 한 번만 걸어 주시겠습니까? 사정이 있어서 그러니 제발. 네?'

신사는 그녀를 내려다보다 잠시 생각하더니 '네 그러시죠. 번호 불러 보세요.' 하며 핸드폰을 꺼내 들었다.

'아! 네. 감사합니다. 번호는……. 에 그러니까 번호는…….아! 갑자기 생각이 안 나네. 죄송합니다. 그럼 둘째 아들 번호 불러 드릴께요. 둘째 아들 번호는…….번호는…….' 결국 아무 번호도 기억해 내지 못했다. 그

너는 죽고 싶었다.

내 영혼은 아파트 창문에 앉아 더블백 가방을 뒤지다가 잠이 든 그녀를 보고 있었다. 갑자기 그녀가 잠꼬대하며 몸부림을 쳤다.

더듬이가 나오면
자취를 감춘다

새천년이 시작되는 밀레니움 전후를 즈음하여 사람들의 뒤통수 부분에서 더듬이가 생기기 시작했다.

벌 한 마리가 기어가고 있었다. 날개 한쪽이 부러져 있다. 황색 털로 감싼 벌은 머리 위에 솟은 굵고 검은 더듬이를 부지런히 까딱거리고 있었다. 나는 벌의 통통한 배 꽁무니에 박혀있는 뾰족한 침을 바라보며 말을 걸었다. '얘! 그 몸을 해 가지고 어딜가는게냐?' 놀랍게도 벌이 대답했다. '그렇게 말하는 댁은 누구슈?' 그나저나 나 이제 죽으려는데 부탁이나 하나 들어 주슈!' '아니. 죽다니 왜?' '댁의 눈엔 내 몸이 잘 먹어서 통통한 줄 아슈? 댁들이 뿌린 농약에 중독되어 날개가 뒤틀리고 몸이 퉁퉁 부어 이렇게 되었다우.' '저런! 농약 먹은 꽃에서 꿀을 따다 변을 당했구나. 내가 한 건 아니지만 미안하게 되었구나.' '뭐 그리 미안해하실 건 없수. 댁들도 삼시 세끼 많이들 드시면서 뭘 그러슈. 나도 작년 가을에 태어나서 봄까지 살았으면 장수한 셈. 사람의 나이로 치면 팔십 세는 넘겼으니 억울한 건 없다오. 허긴 나도 애벌레 시절 로얄제리다 꽃가루에 꿀을 섞은 경단하며 받아먹었을 때가 좋았다우. 그래서 농약으로 중독된 이 몸은 죽어서 다시 태어나려는 것이유. 그런데 방향도 냄새도 잃어버린 더듬이가 이젠 무겁고 버거워 어지럽기만 하우. 그래서 댁의 손으로 좀 떼어 달라는 말이유.' '…….. 그렇다니 떼어 주긴 하겠지만 아니? 벌들에게도 윤회라는 것이 있단 말이냐?' '그런 그 많은 에너지가 어디서 그렇게 한없이 쏟아져 나오는 줄 아슈? 돌고 도는거지. 도대체 사람들은 모두 헛똑똑이란 말이야. 자─ 앉아만 있지 말고 적선한다 생각 하시구 좀 빼 보슈.' 하며 내게 머리를 내밀었다. 나는 나도 모르게 끙 소리를 내며 조심스럽게 벌을 손끝으로 집어 올려, 벌의 머리에 달려 있는 더듬이를 떼어 냈다. 더듬이를 잃은 벌은 소리는 들리지 않았으나 삐이거리며 맴을 몇 차례 돌더니 금방 동그랗게 몸을 말며 꼬리를 쳐들었다.

'따르릉!' 시끄러운 소리에 토토 씨는 잠에서 깬다. 반사적으로 손을 뻗어 자명종의 스위치를 끄고 오 분만 하며 다시 잠에 빠진다. 오 분이 한 시간 같은 자투리 잠 맛이 어딘데…. 어떤 때는 계속 꾸던 꿈마저 영화의 속편처럼 이어질 때도 있다. 조금 전에도 벌의 더듬이를 떼어내고는 잠에서 깼다. 그러나 이번엔 잠의 꼬리를 놓쳤다. 벌의 꼬리를 놓치고 만 것이다.

'삐이'가 어느새 제집처럼 귓속에 자리 잡는다. 삐이−하고 아침 인사를 하는 삐이. 그 옛날 진공관식 티브이가 하루의 방송을 마치면 애국가가 끝나고 나왔던 그 삐이 소리와 닮았다. 재주가 많은 녀석. 어떤 때는 한가한 오후의 공원을 비잉거리며 배회하는 잠자리 같이 조용하다가도 신경이라도 곤두서는 날에는 여름날 포프라에서 시끄럽게 울어 재끼는 매미 소리를 온종일 흉내 내기도 한다. 그런가 하면 겨울철의 칼바람 소리나 바닷가의 소라 껍질 노래소리도 복사하는 묘한 재주를 지녔다. 그러나 토토 씨는 기실 삐이가 언제부터 귓속으로 파고들었는지 잘 모른다. 아니 이 삐이는 무슨 소리지? 하고 고개를 갸우뚱거리며 이상하다 싶었을 때는 이미 소라게처럼 귀를 완전히 점령한 후였다. 토토 씨는 한 며칠 지내보다가 제까짓 게 '아이구 집이 좁아 못 살겠네' 하며 나가겠지 했는데 그게 아니었다. 눈을 뜨면 어김없이 녀석도 기상을 해서 귓속에 숨은 채 따라다니다 출근을 하면 삐이도 어디 나가는 곳이 있는지 소리도 없이 나가버리는 것이었다. 그러다 토토 씨가 퇴근을 하면 집에 들어오기가 무섭게 녀석도 귓속으로 들어오는 삐이. 어떤 때는 전철에서 만나 같이 들어오는 경우도 많았다. 처음에 토토 씨는 이 삐이 녀석이 죽기보다 싫었다. 그러나 물귀신처럼 귓바퀴를 물고 늘어지는데 어쩌랴. 남 같으면 쫓아내려고 약을 먹네 병원에 가네 하며 굿을 떨었겠지만, 토토 씨의 천성이 게으르고 모질지 못하여 내쫓지 못하고 동거한 지가 십오 년, 찐득이처럼 떨어지지 않는 이명이었다.

삐이 생각을 할 때가 아니다. 자리를 박차고 일어난다. 오늘 아침은 노모를 위한 식사를 책임졌기 때문이다.

화장실로 들어선다. 불을 켜자 거울 속에서 낯선 남자가 빤히 보고 있다. 머리는 부스스— 알콜 중독 색깔의 눈과 코, 보기 추한 주름살이 낯설다. 그래 맞아. 2040세대가 보는 느낌이 자기 부모 빼고는 이럴거야. 찬물에 세수를 하고 다시 거울을 보아도 짝짝이 눈의 남자는 낯설다. 돌아서는 토토 씨에게 그는, "나는 네가 싫어! 싫단 말이야. 바보 병신……. 없어져 버려!" CF 대사처럼 읊조린다. 토토 씨도 지지 않는다.

"유투? 미투야." 삐이—. 삐이도 거들어 준다.

"오늘은 김치찌개를 해 볼까?"

"제가 할 테니 어머니는 안방에서 텔레비나 보세요."

노모를 안방으로 떠밀어 넣고 텔레비전도 켜놓는다. 텔레비전엔 시간을 맞추듯 '모여라 딩동댕!' 프로가 시작한다. 노모가 어린이 프로인 모여라 딩동댕을 가끔 보는 걸 안다. 퇴근 후 딩동하고 현관 벨을 눌러도 소식이 없어, 어디 나가셨나 안방을 기웃하면 모여라 딩동댕 화면을 앞에 놓고 노모는 혼자 화투를 치고 있을 때가 있었다. 사람은 나이가 들수록 어린애가 되어 간다는 말이 딩동댕과 관계가 있는 것일까.

쌀바가지에 덮어 두었던 삼베 수건을 걷었다. 두 사람이 두 끼니씩 먹을 분량의 쌀과 보리 그리고 흑미와 콩이 혼합되어 밤새 물에 잘 불려 있었다. 밥솥에 앉히고 스위치를 눌러 놓았다. 그런데 노모가 텔레비전의 볼륨 스위치를 너무 올려 놓았다.

"아이구— 시끄러 옆집 애기들이 쳐들어오겠네."

"놔 두라마. 옆방에 손주들이 있는 것 같아 좋기만 하대이."

토토 씨는 귓속의 삐이가 순간적으로 데시벨을 올리는 바람에 들고 있던 청양 고추 봉지를 떨어뜨린다.

어쩌다 감기 몸살을 앓아 드러누워도 뜨거운 꿀물 한 대접으로 대신하며 흔한 약 한 알도 마다하는, 체구는 작지만 남달리 강단이 있던 노모가 자리에 눕는 날이 생기기 시작하자 토토 씨가 밥하고 반찬을 챙겨야 할 필요성이 절실했다. '암만해도 니하고 내는 전생에 원수였든 갑다. 니가 죽어도 재혼에는 뜻이 업는거이 같으니 벨 도리가 없구나. 내 나이가 팔십하고도 하나이니 언제 어떻게 될지도 모리고 심이 딸려 더는 밥 몬하겠다. 내 밥하는 거하고 찬 만드는거 갈차 줄터이니 배아 가꼬 내가 자리보전하고 눕는 날엔 니가 만들어 묵고 내도 멕이거라.' 하는 노모의 최후통첩을 받고 부랴부랴 그날부터 스승과 제자가 되어 밥 안치는 요령부터 시작한 지 한 달, 오늘은 동태찌개 실기시험 보는 날이었다.

냉장고를 열어 어제저녁 마트에서 사두었던 동태를 꺼냈다. 해동이 되지 않아 봉지 입구만 끌러 그대로 찬물에 담근다. 언 채로 끓는 국에 넣으면 살이 퍽퍽해서 맛이 없다고 했다. 멸치 국물을 낸다. 양파를 썰어 넣는다. 청주가 없어 소주도 찔끔 넣어 끓여 낸다. 이래야만 멸치 비린내도 안 나고 깊은 맛이 난다고 했다. 냄비에 김치를 숭덩숭덩 썰어 넣고 멸치 국물을 붓고 끓인다. 처음엔 일회용 비닐장갑 끼는 것조차 어색하고 서툴렀는데 이제는 찬물에서 말랑해진 동태를 건져내 발라낼

내장이 있나 살펴보고 토막 내어 하나하나 끓는 김칫국
에 넣는다. 생태라면 내장 채 넣어도 맛있지만 동태는
쓰거나 떫어진다고 했다. 냉동고에서 메추리알 박스를
꺼낸다. 안에는 메추리알 대신 생강도 수박씨처럼 들
어간 다진 마늘이 줄줄이 얼음 샤베트처럼 자리 잡았
다. 두 덩어리를 넣고 푹 끓인다. 두부는 화투장만 하게
썰었고 파는 어슷썰기로 해서 넣었다. 거품이 생긴다.
맛있는 찌개에 녹아들지 못하고 공기가 들어가 부풀어
오른 거품이 뽀글거리며 처자식과 알콩달콩 녹아들지
못했던 토토를 비웃는다. 노모에겐 토토 씨가 거품이
다. 수년 전엔 처자식을 거느린 가장이었으나. 어느 회
사의 감사로 있던 곳이 부도가 나는 바람에 유일한 재
산이었던 아파트가 넘어갔다. 어찌해서 마련한 자금으
로 대학 앞의 카페도 운영해 보았으나 건물주가 재건축
을 한다 해서 권리금을 날리고— 토토 씨의 아내는 아
이를 데리고 친정으로 가고 집안이 거덜나 이혼까지 하
게 된 이야기의 끝은 거품뿐이었다. 거품은 말끔히 걷
어내야 국물 맛이 깔끔하다. 노모의 심정이 되어 숟가
락을 물에 헹궈가며 떠낸다. 두부에도 김치 맛이 폭 배

84

이면 다른 양념은 필요 없다고 했다.

상을 물린 노모가 '야가 제법이네. 이거는 합격이다. 팔십 점'했다.

"아니 합격이면 백 점 주셔야지. 왜 팔십 점이에요?"

"식초 안너째? 두어방울 넣바라. 맛이 상큼하고 화사할끼다. "

"알겠습니다. 선생님!"

노모와 오랜만에 웃었으나 속은 마늘을 다져 넣은 듯 아렸다. 삐이─ 동태 김치찌개를 하느라 잊었던 삐이가 살아났다. 토토 씨는 삐이와 함께 재빨리 설거지를 마친다.

화장실 문을 다시 여니 낯선 남자는 칫솔을 물고 변기에 앉는다. 치카치카. 오늘 동태 김치찌개는 내가 만들었지만 정말 일품이었어. 오는 휴일엔 어머니 비장의 솜씨인 육개장도 배워 놔야지. 치카치카. 노모가 돌아가시는 것보다 입맛에 맞는 국을 걱정하는 토토 씨. 낯선 남자의 말이 옳다. 문을 닫고 나오니 노모가 어제 저녁 들여놓은 화분을 베란다로 내놓고 있다. 저녁이 되어도 다시 들여놓고 싶지 않은 화분이 있다면 그것은 토토 일 것이다. 매앰 매에—앰. 삐이는 이제 소리 패턴을 바꿔 울었다.

그래 너는 실컷 울어라. 토토는 간다. 출근 준비를 한다.

"모레 일요일에는 육개장 비법을 배우겠습니다. 선생님."

"비법은 무신. 매사를 침착허니 조심해서 다녀 오거래이."

대답 없이 아파트 현관을 나서며 뒤통수 밑에서 더듬이를 안테나 뽑듯 세운다. 원래 더듬이과의 생물이 아닌지라 인간들에게는 더듬이가 없는 법이다. 그러나 문명이 최첨단으로 진보하고 또 사회 구조가 복잡해지기 시작하자 인간도 진화했다. 더듬이가 생기기 시작했다. 그러나 그 더듬이는 자기 집에 있을 때 혹은 목욕탕 찜질방 같은 곳에서는 몸 안으로 들어가 있어서 대개 보이지 않는다. 그러다 수상한 주위의 공기를 감지한 달팽이의 그것처럼 출근 시간만 되면 본능적으로 불쑥 솟는다. 근무시간이 임박한데 그래도 안 나오는 경우에는 본인이 뒤통수에서 더듬이를 잡아 빼는 것이다. 처음 얼마 동안은 '나만 이런가' 하고 감추기도 한 모양인데 너나 할 것 없이 뒤통수에 그것이 생기기 시작하자 이제는 출근할 때면 자연스레 모두 안테나처럼 뽑고 다닌다. 이제 사람들의 더듬이는 공개된 비밀이라 할 수 있는 존재가 되어 '나는 더듬이가 없어. 내 눈엔 당신도 더듬이가 없군그래.' 하며 위선을 떠는, 서로 빤히 알고 있지만 겉으로는 그것이 없는 양 모두들 행동한다.

토토 씨는 걸어가며 뒤통수의 더듬이를 다시 한번 확인한다. 신기하게도 더듬이가 나오면 삐이는 자취를 감춘다.

웬만하면 오늘 저녁부터라도 들어오지 말아다오. 삐이야.

복사골에는 크레용 토막들을 마구 흩뜨리고 짓이긴 것처럼 가을이 수북하게 깔려 있었다. 이미 더듬이를 뽑고 걸어가는 사람이나 막 뽑으며 뛰듯 가는 사람이나 모두들 불난 집 구경 가는 것처럼 정신없이 보인다. 토토 씨는 뒤통수의 더듬이를 덜렁대며 발걸음을 빨리

한다. 전철을 타기 위해 역사로 들어선다. 개찰구 앞 줄줄이 서 있는 사람들이나 카드 충전을 하는 사람들이나 모두 더듬이를 세우고 있다. 그 뒤로 나이든 역무원은 손을 뒤로 올린 채 손수건으로 더듬이를 닦고 있다.

모두의 눈에 보이나 모두가 내 것만은 안 보일 것이라 생각하는 더듬이. 내 것은 안보이지만 상대방 것은 너무나 잘 볼 수 있다고 하는 나비나 달팽이, 풍뎅이나 땅강아지 혹은 바퀴벌레 더듬이처럼 인간의 더듬이 역시 편리하다. 더듬이만 있으면 길에서나 사무실에서나 거래처에서나 학교에서나 어디서라도 누가 내 욕을 하는지 금방 알 수 있다. 그러나 토토 씨는 안테나 아니 더듬이를 세우고 귀도 쫑긋 세워 보지만 매번 뒷북을 치거나 얻어걸리는 정보는 늘 꽝이다. 쓸 게 없었다.

달리는 1호선 전동차의 덜컹거리는 창문에서, 화장실 기울 속에 있던 낯선 남자의 짝짝이 눈이 비친다.

토토 씨가 갓난아기의 티를 막 벗어던진 세 살 때라고 하니 부산의 피난 시절이었다.

집은 개천을 따라 지은 하꼬방 동네에 있었는데, 오

랜만에 힘든 하루의 일을 끝내고 개천 길을 따라 들어오다가 동네 아낙들과 맞닥뜨린 어머니는 한창 이야기의 꽃을 피우느라 정신이 없었다. 토토는 치맛자락을 잡고 업어 달라고 떼를 쓰고 있었다. 어머니는 토토를 쥐어박기도 하다가 업어 주는 대신 뚝방에 누가 잠시 세워둔 자전거의 뒷자리에 올려놓았다. 신이 난 토토는 어머니가 한눈을 파는 사이, 앞에 있는 안장으로 넘어가다가 자전거와 함께 뚝방 아래로 굴렀다. 부상은 심했다고 하였다. 눈은 자전거의 초인종에 찢겨 애꾸가 될 뻔하였다가 짝짝이가 되었고 머리는 맷돌만 한 돌과 부딪혀 아이큐가 반으로 줄었다고 하였다. 그 후 토토는 학교를 다 마칠 때까지 쟤는 '여덟 달 반짜리'라는 별명을 얻어들으며 자라야 했다. 밤이 되면 자주 어머니는 토토 씨를 붙들고 '내가 무슨 짓을 하더라도 고등학교도 보내주고 이쁜 색시도 얻어 주마'며 울었다. 다행히 아버지의 장사가 잘 되기 시작했다.

초등학교 육학년쯤 토토 씨의 어머니에게 두 여자가 생겼다. 아니 여자가 두 명 그의 집으로 더부살이 들어왔다. 그 당시가 육십 년대였으므로 육이오라는 끔찍

한 동족상잔의 전쟁을 치른 후유증의 나라였다. 너나 할 것 없이 국민 모두가 가난을 면치 못했다. 시골에 사는 청소년과 장년들은 물론, 여식들을 둔 집안에서도는 입성 하나라도 줄이기 위해서라도 도회지인 서울로 몰렸다. 가장이나 자식들의 무작정 상경을 눈물을 삼키며 바라만 보는 것도 다반사요, 바람결에 들리는 어느 사돈의 팔촌 친척집이라도 그 집에 가면 일자리가 있다더라, 먹여는 준다더라는 실낱같은 소문에도 어떻게든 연줄을 만들어 그 집 쪽을 향해 보따리를 싸고 보는 일 또한 다반사였다.

여자가 두 명이라고는 했으나 물정 모르는 초등학생 눈에 그렇다는 것이지 모두 나보다 대여섯 살 더 먹은 소녀들에 불과했다.

이름은 을동이와 순덕이, 호칭은 누나였다.

토토 씨가 중학생이 될 무렵, 그 여자들에게 작은 변화가 왔다. 키와 함께 얼굴이 작고 희며 미인이었던 을동이는 비록 야간이나마 근사한 세일러복에 가방 들고 고등학교에 입학하는 몸이 되었다. 당시 아버지가 하는 공장에서 방직 돌리는 일을 하다가 종당에는 총무

일을 보는 사무원이 되었고, 몸이 튼튼하고 보름달처럼 수더분한 얼굴의 순덕이는 야간 학교도 다니지 못했다. 가정부 노릇만 하다 과년해서는 역시 아버지의 공장에서 방직을 돌렸는데 결코 사무원이 되지는 못했었다. 그 무렵 야간학교를 다니느라 공장에서도 시간특혜를 받던 을동이는 토토 씨가 없는 틈을 타 책장에서 톰 소여의 모험이나 쌍무지개 뜨는 언덕을 보는가 하면 백과사전을 꺼내 여자의 신비, 태아의 신비 등을 탐독하곤 했었다. 그런가 하면 어느 날은 중학생이 된 토토가 낮잠을 자는데 살짝 방문을 열고 들어와 입맞춤을 해 주어 토토 씨를 얼떨떨하게도 만들었다. 순덕이 누나는 왜 청소만 하고 내 방에서 책을 보지 않는 걸까? 왜 내게 입맞춤을 안 해 주는 걸까? 모두 어머니가 먹이고 재워 주고 돈도 주는데ㅡ. 을동이처럼 예쁘지 못해서 일까? 을동이처럼 야간학교를 다니지 못해서 일까? "엄마! 왜 순덕이 누나는 을동이처럼 학교에 안 보내 주는 거야?"라고 했지만 토토 씨의 어머니는 묵묵부답이었다.

그러다가 그 여자들에게 큰 변화가 왔다. 시집을 간

것이었다. 그 사이 아버지의 공장은 규모가 사뭇 커져 있었는데, 어머니는 순덕이 누나를 공장의 배선반장 류씨 노총각에게 시집보내고 을동이는 토토에게 시집을 가게 했다.

미인 색시를 얻게 되어 아무 데서나 싱글벙글하는 토토 씨와는 달리, 그의 처 을동이는 잘 웃지 않았다. 한편 순덕이 누나의 신랑 류 서방은 총각 때의 술버릇이 도져 툭하면 얼굴이 못생겼네 행동이 굼뜨네 오늘은 밥 대신 술 받아 오니라 하며 마누라 패는 주사가 생겼다고 토토 씨의 어머니는 남편에게 "여보 그눔 류 서방 좀 야단치시구랴." 하며 부탁하기가 일쑤였다. 어머니의 부탁은 효과가 있었다. 효과가 있자 류 서방의 월급도 올랐다.

그러다가 그 여자들에게 경사가 찾아왔다. 아니 불행이 찾아왔다. 딸을 낳은 것이다. 둘째도 딸이었다. 또 딸을 낳았다. 첫딸은 살림 밑천이네 하며 어머니의 위로를 받던 토토 씨와 류 서방은 셋째도 딸이자 토토 씨는 바람을 피우기 시작했고 어머니의 부탁도 아버지의 효과도 빛을 바래 주사가 심한 날은 순덕 씨의 보름

달 같던 얼굴이 쟁반만 해 질 때도 있었다. 여기저기 시퍼런 점이 있는 커다란 쟁반이었다.

아버지 회사의 자재과장이 된 토토 씨는 거래처 손님과의 사업상 비즈니스네 하며 술집 종업원과 잠자리 하기 일쑤였고 어느 젊은 마담이 새로 내는 가게에 돈을 보탰다는 둥, 돈벌이를 거꾸로 한다는 둥 소문이 봄바람처럼 왔다가는 뜨거운 바람이 되어 토토 씨 어머니의 가슴을 태웠다.

그러다가 그 여자들에게 사건이 벌어졌다. 을동 씨는 돈을 거꾸로 벌고 있는 남편을 믿는 것을 포기하고 대신 하나님을 믿기 시작, 독실한 불교신자였던 시어머니와의 미소 냉전 시대는 저리가라였고 순덕 씨의 류서방은 술에게 먹혀 버렸다. 남은 세 딸들에 대해 언급하자면, 을동 씨는 세 딸 모두가 아버지 여덟 달 반짜리와는 거리가 먼, 엄마를 빼 닮았는지라 딸의 교육과 장래에 대한 걱정은 돈과 하나님에게 의지했다. 순덕 씨의 세 딸도 워낙 아버지가 살아생전에 사람이 못 배우고 술독에서 헤어나지 못하면 어찌 되어 가는가, 사람은 어떻게 살아야 하는가를 일찌감치 터득했다. 또한 장차 신랑감으로는 누가 좋은가 좋은 신랑을 만나기 위해서는 어찌해야 되는가 등등에 대한 인생철학을 토토 씨와 류 서방이 몸소 실천해 보였으므로 따로 교육이 필요 없을 정도였다. 더듬이가 필요한 지금과는 사뭇 다른 시절의 이야기였다.

그러나 밀레니움을 사는 지금의 사람들에겐 더듬이가 필요 불가결한 것이었다. 전자제품이나 최신형 스마트폰이 뛰어나면 뛰어날수록 사람들에겐 더듬이가 필요했다. 〈種의 법칙〉에 따라 사람도 진화한 것이었다. 그러나 무엇이든 예외가 있듯, 가뭄에 콩 나듯이 더듬이가 아예 없는 사람도 있기는 있었다.

어제의 K선배처럼.

어제 전화에서 오늘 시간 좀 내 달라는 선배의 목소리에서는 무언가의 쫓기는 듯한 다급함과 두려움이 잔뜩 묻어 있었다. 중학교 선생이 무에 쫓길 일이 있다는 말인가? 토토 씨는 이해가 가지 않았다.

사무실을 들어서니 지은이가 백화점 사원처럼 '안녕하세요!'한다. 지은이의 안테나는 언제 보아도 반짝

반짝 잘 손질돼 있다. 토토 씨도 똑같이 '굿 모닝!'한다. 학습지 교재를 취급하는 지사 사무실 직원이라고 해봐야 그의 사촌 형인 지사장까지 해서 세 명이다. 전날 밤 인터넷에서 주문 들어온 것을 지은이가 확인해서 토토 씨에게 전하면 그는 창고에서 찾아 포장하고 발송업체를 기다리면 끝이다. 그는 원두를 막 내린 커피 한 잔을 들고 책상 앞에 앉는다. PC를 켜고 메일을 확인한다. 광고가 서너 건 그리고 그의 딸 인생무비에게서 한 통이 왔다. 찰리 채플린의 히스토리나 마지막 작품의 년도 따위를 줄줄이 꿰고 있는 영화광이기도 하다. 아버지의 회사가 부도로 멀쩡하던 아파트가 없어졌을 때를 기점으로 가족을 해체했던 을동 씨는 여덟 달 반짜리 토토 씨를 내쫓으면서 그래도 딸들에게는 그와의 PC통신을 묵인하고 있었던 것이었다. 토토 씨가 가족으로부터 정식으로 쫓겨난 곳은 법원이었다.

가정법원은 서초동에 있었다. 교대 전철에서 나와 보면, 항상 우뚝 솟아 보이던 삼풍백화점이 와르르 무너져서 아직도 연기가 가시지 않던 해였다. 합의이혼 신청서를 내고 열흘쯤엔가 당사자 두사람은 법원으로 나오라는 통지를 받았다. 이혼을 심리 중인 재판정 앞은 활기 넘치는 도떼기시장처럼 와글거리고 부산했다. 침울하고 우울한 분위기를 예상했던 토토 씨에게는 약간 의외였다. 정리인 듯한 사람이 계속 주의를 주어도 이놈! 저년! 하며 얼굴을 붉히며 언성을 높이는 부부가 있는가 하면 '거기가 아니야 자기, 도장은 여기다 찍어야 돼.' 하며 신랑에게 친절히 도장 찍는 곳을 손가락으로 짚어 주는 새색시 같은 여자도 있었다. 토토 씨는, 재판정의 입구 앞에서 머리 허연 판사가 나잇살이나 먹은 사람들이 무얼 못 참고 그러느냐, 당장 돌아들 가지 못해! 하며 야단이라도 치는 건 아닌지 어떤지 겁도 집어 먹으며 긴장한 채 아내와 차례를 기다리고 있었다. 순서는 금방금방 다가왔다. 입구를 통제하는 정리가 토토 씨에게 안에서 호명하면 지체하지 말고 들어가라는 둥, 묻는 말에만 간단히 대답하라는 둥 주의를 주었다.

"신청인 오토토 씨! 최을동 씨!"

네, 하며 부부는 조금은 불안감에 가까운 두근거리는 가슴을 안고 판사 앞에 섰다. 머리가 허연 판사가 아니었다. 그렇다고 새파랗지도 않았다. 판사는 토토 씨 내외가 들어와 자기를 올려다보며 서 있어도 서류에 눈을 떼지 않고 있었다. 그러더니 쳐다보지도 않고 오토토 씨 주민등록번호 말씀해 보세요, 하였다. 주민번호를 외자, '이을동 씨 주민등록번호 말씀하세요.' 했고 그녀가 주민번호를 말했다. 음, 아이들은 모두 스물이 넘었군요. 음, 하더니 그때서야 서류에서 눈을 떼고 우리를 바라보았다. 정장차림을 한 아내에게 일별한 후 누구에게랄 것도 없이 '합의 이혼에 동의하십니까? 두 분?' 하고 물었다. 네! 을동 씨의 대답은 씩씩하고 명료했다. 네ー 토토 씨의 목소리는 기어들어 갔다. 판사는 못 들었는지 다시 그를 바라보고 '오토토 씨는 이 합의 이혼에 동의하십니까?' 하고 물었다. '아. 네. 그럼요.' 판사는 망설임 없이 됐습니다, 하고 작은 나무망치를 탁 소리 나게 쳤다. 됐다니? 뭐가 되었다는 말? 아! 참 합의이혼이 됐다는 뜻이겠지. 그럼 이제 어찌할까 하고 있는 토토 씨에게 출구에 서 있던 다른 정리가 이리로 나오라는 시늉을 하였다. 문을 나서기도 전에 판사가 다른 부부를 부르는 소리가 뒤에서 들렸다. 싱거웠다. 둘은 무척 싱겁게 이혼했다. 이십오 년간 쌓아온 그들의 관계는 졸지에 삼풍백화점 신세가 되어 버렸다. 토토 씨는 우중충한 기분이 되어 법원의 계단을 내려왔다. 하늘은 전혀 우중충하지 않았다. '배고픈데 밥 먹으면 안 될까?' 그의 말에 을동 씨는 대꾸대신 찬바람이 올라오는 지하철 입구로 사라졌다.

인생무비는 대학졸업을 했으나 취업할 엄두가 안 나는지 아예 대학로의 어느 연극단체에 들어가 조연 자리라도 도장 받아 보려고 애쓰고 있다. 다음 주 토요일 시간 나면 대학로의 연우무대로 오란다. 재미있는 스토리라고 미끼를 던진다. 토토 씨는 연극 끝나고 딸과 생맥주를 곁들여 저녁을 먹을 수 있으면 좋겠는데…… 어려울 것이다. 그들만의 쫑파티에 보태라고 돈을 줘야 하는데…… 하며 계산기를 두드린다. 헌데 뜻밖의 충격이 하나 덧붙었다. 슬픈 소식이다. 엊그제 외삼촌이 돌아가셨다고— 핸드폰을 했으나 통화가 안돼 음성만 두 번 남겼었다고 한다. 아, 이럴 수가! 처남이 죽다니. 토토 씨는 전화를 걸었다. 인생무비가 받는다. "경희냐? 지금 봤는데 인수 외삼촌이 죽다니 정말이냐 응? 핸드폰은 누구에게 잠깐 빌려주었는데 오늘 돌려받는다. 그럼 네 엄마에게 대신 미안하게 됐다고 전해라." 전화를 놓는다. 나갔던 삐이가 찾아와 곡을 한다. 삐이. 삐이.

    K선배와의 점심 약속으로 전철을 탔다. 환승 하기 위해 내린 종로 3가 역에 노숙자들이 있었다. 그들의 공통점은 모두가 한결같이 더듬이를 갖고 있지 않다는 것이었다. 어쩌다 있는 사람도 더듬이가 밑동부터 부러져 있거나 꺾어져 있기 십상이었다. 요즈음엔 여자 노숙인도 간간히 눈에 띈다. 그가 퇴근할 때 지나는 영등포역에는 여자 노숙인이 조금 더 많다. 그런데 미쳤지, 가끔은 그들이 부러울 때가 있는 것이다. 토토 씨는 머리를 설레설레 흔들며 대화행 3호선으로 갈아탔다. 출입문이 닫힙니다. "어머나! 어머나." 하며 하이힐 소리가 급하다. 닫히려는 출입문에 토토 씨가 들고 있던 〈생명의 늪〉이라는 두툼한 책을 끼웠다. 전동 문은 다시 열렸다. 그는 대견해서 상이라도 받을 아이처럼 씩

씩하게 웃었다. 그러나 여자는 그에게 눈길도 한번 안 주고 그냥 다행이라는 듯 뛰어 들어온다. 미안하다, 고맙다는 말도 없었다.

빈자리가 있었다. 앉았다. 무심코 전동차의 연결 출입문으로 눈길을 주는데 노약자석에 사십 대밖에 안될 성싶은 사람이 앉아 있는 것이 눈에 띄었다. 그런 광경을 보면 토토 씨는 그 좌석엔 앉아서는 안 된다고 곧잘 말을 건다. 어느 때는 술 취한 젊은이에게 얻어맞을 뻔한 적도 있었다. 그는 사십 대의 남자 얼굴을 쏘아 주다가 순간 깜짝 놀랐다. 토토 씨 처남의 얼굴이었다. 어! 처남은 죽었다고 했는데? 처남이 틀림없는 것 같은데……. 저렇게도 닮을 수가! 내리려고 문 쪽으로 일어선 뒷모습까지도 흡사했으나 만나 본 지 십여 년도 넘었을 터이니 옛 모습만으로 단정할 수는 없었다. 처남 같은 사람이 내리고 마른 체격의, 운동모를 쓴 키 큰 할아버지가 지금 막 전쟁이라도 터진 것처럼 부산스럽게 외치며 들어온다.

"백 원짜리 동전! 한─두개씩만 보태 주시오! 우리 할마이 서울대학병원 수술비가 이천! 칠백! 오십만 원

나왔어요! 우와! 수술비가 팔백, 오십만 원 나왔습니다. 백 원짜리 동전 한─두개씩만 보태주시오!"

아무도 돈을 꺼내려는 사람이 없다. 돈 줄 수 있는 틈도 주지 않고 지나치기 때문이거니와 할아버지가 치매에 걸려 몇 년 전부터 저렇게 전동차를 휘젓고 오가는 것을 아는 사람은 아는 것이다. 어쩌면 저 할아버지의 귓속에는 아주 큰 삐이가 살고 있는지도 모른다.

K선배는 학교 후문에서 토토 씨를 기다리고 있었다. 그는 선배와 함께 학교 근처의 식당으로 들어섰다. 주문을 하기도 전에 담배를 꺼내 무는 그에게, "학교 담 밑에서 중학교 이학년이 담배를 피우는데 중 삼이 지나가더랍니다. 좀 미안해진 중 이가 형! 담배 한 대 드릴까요? 했더니 짜식─ 난 담배 끊었다. 느들이나 젊었을 때 많이 펴라, 하더랍니다."

토토 씨는 금연용 아제개그를 던져 보지만 선배의 얼굴은 베토벤이다. 베토벤은 그동안 나 때문에 불편이 많았을 터이고 잘 썼네 하며 핸드폰을 돌려준다. 그의 핸드폰은 집사람에게 빼앗겼기 때문이었다고 했다.

"아우님! 나, 오늘 아침 집에서 나왔네."

"나왔으니 출근하셨고 지금 여기서 점심 먹잖습니까?"

"농담할 기운 없네. 아주 나왔으니까ー 그런데 내가 물정을 잘 모르지 않는가? 미안하지만 오늘 저녁부터 기거할 방 좀 알아봐 주시게. 아우님이 계신 동네 근처로. 아무래도 여관 같은 거로 해야겠지?"

"……?"

참으로 미치고 환장할 일이다. 작년만 해도 두 번째 시집 출판을 계약했으니 점심이나 같이 하러 시내 나온 김에 들렀다고 하면서 부부가 아이들마냥 닭살스럽게 손목도 다정하게 잡고 들어서더니.

토토 씨에게는 놀부병이 있었다. 젊은 남녀나 혹은 할아버지 할머니가 손잡고 다정하게 데이트하는 것은 보기 좋지만 이상하게도 사오십 대 중년 남녀가 손잡고 들어서는 것을 보면, 놀부가 흥부네 박 터지는 꼴을 보듯 질투가 치미는 병이었다. 삐이가 찾아올 무렵부터였다.

"ー그래서 결국 이혼해야겠대요? 형수님은?"

"어떻게 하겠는가? 도리 없지. 아우님은 얘기한 대

로 변호사나 알아봐 주시게나."

교직생활을 하며 시인이기도 하던 선배는 작년에 동료 여교사의 권유로 道인지 무슨 정신인지 하는 수련원에 심취, 주말마다 그곳이 있다는 가야산에 다닌 것이 문제였던 모양이다. 그렇지 않아도 남편의 행동이 굼떠 가정과 사회생활이 바지런하지 못한 것이 불만이던 부인은 남편을 주말마다 가야산 들어가게 했다는 여교사를 의심한 나머지 어느 날 남편이 근무하는 학교를 찾아갔다.

등굣길이라 학생들의 걸음이 빨랐다. 교문 안에는 주번교사가 학생들의 인사를 받으며 서 있었다. 부인은 잘됐구나 싶어 교무실이 어디냐고 물어보았다.

"저기 운동장 지나 가운데 3층 건물 보이시죠? 현관으로 들어가서서 우측 세 번째 문이 교무실입니다."

"혹시 권○○ 선생이라고 있습니까?"

"네? 바로 전데요."

"그래?! 너 이년 잘 만났다!"

다짜고짜 머리채를 잡힌 권○○ 선생은 억센 손아귀와 잔뜩 독이 오른 부인의 기에 질려 반항도 제대로 못했다. 권 선생이 운동장을 가로질러 끌려가며 비명을 지르니 학교의 창가는 졸지에 선생들과 학생들의 얼굴로 주렁주렁 열린 감나무 신세가 되었다. 교감과 교무주임 체육선생이 달려 나와 부인을 떼어냈다.

수업 준비를 하던 K선배는 운동장을 바라보다가 '아이고, 저 여자가 기어이!' 하며 다리에 힘이 풀려 의자에 붙어 버렸다.

오늘 아침이었다. 밥을 차려주기는커녕 지난주 가야산에 갔다 온 것을 트집 잡아 부인은 남편 K선배를 잡도리하다가 "내 이년을 찢어 죽여 버리고 말 거야." 욕을 하며 PC를 밀쳐 떨어뜨리는 바람에 선배는 부인을 조금 밀었을 뿐이었다는데 부인은 제풀에 넘어지고 기절했다. 아니 기절한 척하는 것을 평소에 알기에 K선배는 그대로 출근 했고 결국 사단이 난 것이다.

부인과 함께 교장실에서 K선배는 그야말로 두 손을 싹싹 빌며 자초지종을 설명하고 시말서와 다름없는 경위서를 제출했다. 여교사는 불륜의 혐의를 벗었으나 다음날 여교사의 남편이 알고 선배의 부인을 고소하겠다는 바람에 이번엔 교장과 선배가 코가 땅에 닿도록 사과를 하였다. 그러나 선배 부인은 못 믿겠다며 찬바람만 씽하니 보내왔다. 교장은 더 이상 학교에서 얼굴을 들고 다닐 수 없게 된 여교사와 K선배를 각각 다른 학교로 보낼 수밖에 없었다. 그러나 부인은 아직도 불륜의 의심을 떨치지 못하고 이혼을 종용하는 시점에 이른 모양이었다. 생각다 못한 선배는 이혼의 선배 격인 토토 씨에게 SOS를 친 것이었다.

부인과도 안면 있던 토토 씨는 고민이 아닐 수 없었다.

그러나 이혼과 함께 전 재산을 요구하면서 선배를 알거지로 만들려는 부인의 행태에는 분노가 치미는 것이었다. 두 달 전에 하도 부인이 여교사와의 관계를 의심하며 몰아세우는 바람에 다시는 가야산에 가서 정신 수양하는 일 따위는 않겠다는 각서를 썼는데 만일 이를 어길 시엔 선배의 전 재산을 부인에게 주겠다는 내용도 있다는 것이었다. 그리고 재산을 현금으로 계산한 차용증까지 공증했다 하니 무슨 엽기 영화를 보는 느낌이었다. 토토 씨는 솔직히 누구 말을 믿어야 할지 모를 정도로 혼란스러웠다. 아무튼 당분간 생활하기 위한 돈이 필요했으므로 선배와 함께 은행으로 갔다.

"월급도 집사람에게 들어가지, 내 은행카드도 집사람이나 쓰고 나는 타 쓰기만 해서 창피한 얘기지만 카드사용법도 서툴러. 아우님이 옆에서 보아주게."

은행을 향해 걸어가는 선배의 뒤통수에는 정말 노숙자들처럼 더듬이가 달려 있지 않았다.

인출기 앞에서 카드를 넣고 안내 멘트 대로 하다가 비밀번호를 누르라고 하고 토토 씨는 뒤로 물러섰다. 그러나 선배는 "돈은 안 나오고 종이만 나오네?"만 연발했다. 그들은 카드와 종이를 가지고 창구로 갔다.

"손님, 이 카드는 어제 본인의 요청으로 분실신고로 처리된 카드입니다. 본인이 맞으십니까?"

"내가 본인인데 나는 분실신고 한 적 없는데요?"

모니터를 보며 창구직원은 분명히 어제 분실신고로 처리된 무효 카드라는 것이다.

부인의 짓이었다. 화가 난 토토 씨. 선배를 노숙자가 되도록 둘 수는 없었다. 일단 오늘은 학교 숙직실에서 하룻밤 있기로 했다. 얼마간 돈을 뽑아주고 선배와 헤어진 토토 씨는 전철에서 멍하니 생각에 잠기다가 깜짝 놀라 뒷머리로 손이 갔다. 더듬이가 있었다.

　오후, 일곱 시.

　토토 씨의 고교동창 예닐곱 명이 격월로 한 번씩 얼굴 보는 날이다. 장소가 신촌 어디더라? 생각이 안 난다. 삐이가 찾아 들었기 때문이다. 삐이가 찾아들면 삐이는 삐이거리며 야금야금 기억의 세포들을 갉아 먹는다. 한참 만에야 삐이는 제가 먹었던 세포를 도로 토해 놓는다. 용궁수산이다.

　신촌의 용궁수산은 가격이 저렴해 운동장처럼 넓은 홀과 방들이 언제나 손님들로 북적거린다. 상당수의 손님들은 아직도 뒤통수의 더듬이를 안테나처럼 흔들며 떠들고 있다. 멀리 끝 테이블 쪽에서 다깡 씨가 손을 흔들며 더 잘 보이라고 일어서 준다. 별명이다.

　"여— 다들 일찍 왔네."

　뒤통수의 더듬이 집어넣으며 토토 씨는 자리에 앉는다.

　친구들의 더듬이는 모두 내려져 있었다. 맨손으로 정말 작은 인쇄소를 을지로 뒷골목에서 시작, 30년이 지난 지금 파주에서 제일 큰 회사로 일군 쫑아, 베트콩과 머리를 부딪치고 2명 사살했다고 뻥을 친 백마부대 출신 거머리, 요즘은 성당 사람들에게 벌침과 부항 떠 주고 있는 늦깎이 한의대생 강가루, 등록금을 남에게 주고 친구들 용돈을 추렴해 간 촘배, 학교 화장실 앞에서 삼립빵 열 개를 먹던 크림빵, 두꺼비는 몇 년 전만 해도 자기가 경영했던 회사 소유 차량만 열 대가 넘었는데 부도가 나 지금은 택시를 몰고 있다.

고등학교 삼학년 때 강화로 캠핑 가서 유혹해낸 여고생 고이와 결혼해서 지금까지도 금실 좋은 의리의 돌석이도 와 있었다. 노래 충청도 아줌마가 일품이었던 타치와 무역을 하는 까꾸는 홍콩과 미국에서 살지만 이 모임에 오기 위해 일 년에 서너 번은 비행기 티켓을 끊는다. 오늘은 못 나왔다.

그들은 서로 술잔을 주고받으며 머릿속을 소독하고, 가슴을 열어 찌든 내장도 소독하고는 두 달 후를 기약하며 헤어진다. 토토 씨도 친구들도 악수를 나누며 헤어지면서 모두들 더듬이 세우기를 잊지 않는다. 삐이는 죽은 듯 얌전했다. 고마웠다.

귀갓길의 전철 안에서는 몇몇 사람들이 더듬이를 반쯤 내리고 토토 씨처럼 감 냄새를 풍기고 있다. 더듬이를 반쯤 내린 이 사람들이 좋아진다. 서서 가지만 기분은 좋은 모양이다. 대학생으로 보이는 잘생긴 남자가 옆에 앉은 여자 친구에게 몸을 잔뜩 밀착시키고 주위도 아랑곳 하지 않은 채 서로를 희롱하고 있는 것으로 보아 술잔깨나 기울인 품새이지만 둘 다 더듬이를 바짝 세우고 있다. 남자는 계속 여자 친구의 머릿결을 쓸며 작업의 삽질을 한다. 지그시 눈을 감고 귓불에 숨결을 토해내고 있다. 이래도, 이래도. 안 넘어질 테냐 한다. 그러나 여자 친구는 발그레한 얼굴에 눈동자를 반짝반짝 굴려 가며 열심히 계산기를 두드려 대는 것을 토토 씨 더듬이는 안다.

전철 문이 열리면서 아기 업은 여자가 탄다. 계면쩍어하는 것으로 보아 누가 자리를 양보하면 어쩌지 하는 표정이지만 아무도 안 일어난다. 잠시 후 바로 앞에 앉아 있던 무릎이 잔뜩 뜯어진 청바지의 아가씨가 계산기를 다 두드렸다는 듯 일어섰지만 저만치 서 있던 아줌마가 냉큼 가로채 앉는다. 사람들이 못마땅한 시선을 쏘지만 '난 전혀 계산이 안 되는 여자걸랑요.' 하는 듯 더듬이를 흔들며 아줌마는 눈을 감는다.

신도림역. 문이 열리고 얼굴이 불그레한 등산복 차림의 중년 남자가 타더니 손잡이를 잡고 흔들며 혼잣말을 한다.

"고향 가서 어머니랑 농사짓고 싶어ㅡ."

술 먹었구나 하고 한두 사람이 약간씩 거리를 둔다.

"어느 산에 갔다 오셨어요?"

옆에 있던 토토 씨가 웃음을 흘리며 묻는다.

"관악산 연주암까지 갔다 왔습니다."

하며 청중이 생겼다고 옳다구나 한다. 지금 나이가 예순 한 살인데 일남 이녀를 다 결혼시켰다고 자랑까지 곁들인다.

"아이구, 그런 고생 다 하셨네. 부럽습니다."

맞장구치니, 신이 나서 자기는 김해 김씨 김수로왕 28대손으로써 젊은 시절 원항선 타고 누볐다는 인도양, 태평양의 섬나라를 줄줄이 꿰다가 '어 이게 아닌데' 싶었는지, "아. 그런데 아무 소용없더란 말입니다. 젠

장. 자식 놈들은 결혼했다고 나를 우습게 보지. 마누라
는 말 안 듣지. 이놈의 세상이 어떻게 돼 가는지……."
하며 화살을 돌린다.

"담배도 못 피우게 하지. 호주제는 없어졌지요. 남
자들이 설 데가 없어요. 설 데가!"

뇌두면 끝이 없을 텐데. 전동문이 열린다.

"어디서 내리시죠?"

"나? 부천이요!"

열린 문으로 보니 부천이라고 팻말이 보인다.

"어? 여기 부천이네. 내리세요. 빨리."

사람들이 황급히 비켜 주지만 나가려다 닫히는 문
에 몸이 끼인다. 전동문은 시대의 반항아라도 처단하
려는 양 남자를 조였다 풀어 준다. 그 바람에 등산복 중
년의 더듬이가 '툭'하고 땅바닥으로 떨어진다. 옆 젊은
이가 도와주었기 망정이지 큰일 날 뻔했다. 송내역, 11
시. 내린다. 출구로 나가는 계단에는 사람들이 붐비고
있다. 사람들 뒤를 천천히 따라간다. 중년의 남자가 플
랫폼에서 철길을 바라보고 있는 것이 보인다. 감 냄새
를 풍기며 더듬이를 뽑아 철길을 향해 힘껏 던진다. 계

산기도 던져 버린다. 내일이면 후회할 것이다. 집으로 가는 길에도 취객이 잃어버렸을 성싶은 더듬이와 계산기들이 여기저기에 떨어져 있다. 토토 씨는 또 화들짝 놀라 뒤통수에 달린 더듬이를 만져본다. 집 앞. 토토 씨는 뒤통수의 더듬이를 내리고 현관문을 연다. 노모가 저녁은? 하신다.

"먹었습니다."

화장실 문을 연다.

아침에 보았던 낯선 남자는 그대로 거울 속에서 말이 없다.

'보기 싫다고 아침에 그랬지.'

양치와 세수를 한다. 머리맡의 스탠드 불을 켜고 잠자리에 든다.

토토 씨는 잠이 안 온다. 책을 펼쳐 보지만 죽었다는 처남이 생각난다. 큰일이다. 자칫하면 새벽에나 잠이 들게 될 것이다. 스탠드를 끄고 단추를 누른다. 회화 CD는 훌륭한 수면제 역할을 한다.

낯선 남자가 중얼거리며 잠을 청하기 위해 토토 씨 안으로 들어온다.

"미안하다. 처남."

홍의 전쟁

일국은 주위를 살펴본 뒤 아무도 없자 핸드폰을 꺼내 3번을 길게 눌렀다.

신호음이 가는가 싶더니 멘트가 나왔다.

"건강한 아~이디어. 지엔 홈쇼핑 자동 주문 서비스입니다. 이용 도중 전 단계로 가시려면 우물 정자. 상담사 연결은 0번을 눌러주세요. 홍 일 국 님이 맞으시면 1번, 아니면 2번⋯⋯." 1번을 눌렀다.

"간편 주문 서비스입니다. 현재 방송 중인 안동 검은콩 낫토면 1번. 직전 상품이면 2번을⋯⋯"

그는 "에이 귀찮아." 하며 0번을 눌렀다.

"안녕하세요. 상담사 김지원입니다. 무엇을 도와 드

릴까요?"

"아! 나 홍일국 본인인데ㅡ 161x동 110x호. 조은은
행. 그럼 주문합시다. 직전 상품이 정관장 홍삼정이지?
한 세트요. 그런데……"

주문 상품의 결제까지 끝낸 홍일국은 주위를 또 둘
러보고 헛기침을 했다. 한낮의 창공이 구름 한 점 없이
파랗다. 하늘조차도 그를 약올리는 것 같아 절로 주먹
이 올라갔다.

"이눔의 송철환이! 지가 그러구두 친구여. 에잉ㅡ 괘
씸한 것!"

코스모스 물결이 넘실대는 쉼터 벤치 앞에는 백일홍
까지 만발하여 평소 같으면 모란실의 영숙 여사가 생각
났겠지만. 지금은 아무것도 눈에 들어오지 않았다. 화
가 풀리지 않았다.

아침 식사 때ㅡ 나눠주는, 한 모금도 안 되는 요구르
트로는 성에 안 차 냉장고에 박스로 사다 두는 불가리
스를, 송철환이 허락도 없이 슬쩍슬쩍 마시는 걸 일국
은 알고 있었다. 그러면서도 '밥 먹고 하나씩 드시게,

변이 잘 나오니께. 장남이 용돈을 부쳐 온 걸로 사 놨구면.' 하며 사람 좋은 웃음으로 마무리해 주었건만 그가 그럴 수는 없었다. 분해서 실버타운으로 돌아가고 싶지 않았다. 싫다. 아무리 일등급의 시설 좋은 요양병원일지라도 정말 실버타운은 싫었다. 그래서 여기에 있는 사람들은 너나 할 것 없이 실버타운을 줄여 실타라고 불렀다. 그러나 딱히 갈 곳이 없으니 발길은 로젠으로 향했다. 로젠은 이곳 실버타운의 중앙홀. 아직 몸 움직임이 자유로운 노인들과 휠체어 신세의 환자들 그리고 실타의 젊은이라고 할 수 있는 초로기 치매에 있는 육칠십 대들이 모이는 사교장이라 할 수 있었다.

송철환에게 향하는 섭섭함으로 약이 오를 대로 오른 홍일국의 뇌리에, 문득 스치는 것이 있었다.

오 년 전이었다. 그때도 하늘은 저렇게 구름 한 점 없이 맑았다.

"루악 커피! 그래, 커피 루악!"

치매로 한참 애를 먹인 홍일국의 아내가 외쳤다.

'맞아! 그때는 아내가 나를 섭섭하게 했지. 약도 올

랐었고…… 휴. 왜 그런 맘이 들었나 몰라. 정신도 올
바르지 않은 사람의 말에 약이 올랐으니 나도 참 한심
했어.'

　아내가 느닷없이 커피 루왁을 달라고 했다. 홍일국
은 적잖이 당황했다.

　"아니 루왁 커피라니? 당신이 언제부터 그런 커피
를 마셨다구?"

　"아니. 아니. 루왁 커피가 아니고 커피 루왁."

　"그래 그럼 커피 루왁. 그런데 당신은 그 커피가 어
디서 나는지나 알아요?"

　아내는 뜻밖에도 루왁 커피의 생산지가 주로 어디이
고 사향고양이가 어쩌고 하며 상세히까지는 아니더라
도 간단하나마 루왁 커피에 대해 이야기 하였는데, 홍
일국이 아는 지식과 별반 틀리지 않았다. 아내의 뜬금
없는 고급 커피 타령에 당황했던 일국의 가슴 속에 놀
라움이 솟아올랐다. 그럴 수밖에 없는 것이 아내와는
검은 머리 파뿌리는 아니더라도 강산이 네 번 하고도
반이 바뀌는 가시버시로 살아오면서 청국장이나 순댓

국 혹은 삼겹살 먹은 후의, 인스턴트 봉지 커피가 고작이었기 때문이었다. 대학 시절엔 캠퍼스 커플로 서로의 지남철이었고, 직장 시절에도 길 하나 사이를 두고오고 갔기에 아내와는 서로의 가슴 속을 투명하게 비춰보는 간담상조肝膽相照*였다고 자부해 온 터였다. 아메리카노나 카푸치노라면 몰라도 일국의 아내 입에서 나온 루왁 커피는 정말 생뚱맞은 소리였다.

"빨리 커피 루왁 한 잔 주세요. 빨리!"

머릿속은 엉켜버린 실타래였으나 가위로 삭둑 잘랐다.

"알겠습니다. 이제부터 커피 루왁을 마시러 가 볼까요?"하며 일국은 휠체어를 밀었다. 산책길에는 만발한 코스모스가 다투어 키재기를 하며 꽃잎을 떨구고 있었다.

홍일국은 아내와 함께 로젠 중앙홀로 들어섰다. 2남 1녀 중 사십이 되도록 시집을 안 갔던 딸애까지 결혼하여 집을 떠나자, 그동안 너무 힘들었는지 아니면 너무 편해진 탓인지 몇 년 전부터 슬금슬금 정신 줄을 놓기 시작했다. 처음엔 기억력이 떨어지고 말이 좀 어눌해져도 그저 노화 현상이 빠른가 보다 했는데 증상이 심해져 방법이 없었다.

중앙홀의 대형 티브이 앞에 아내를 데려다 놓고 휠체어의 브레이크를 채우는데,

"아니야, 아니야, 거기 아냐! 주차를 그렇게 하면 안 되지."

카센터를 운영했다는 만수 사장이 휠체어를 타고 어디선가 나타나 참견을 했다. 그는 서울 서초동에서 삼십 년 이상 자동차 수리로만 잔뼈가 굵어 큰 평수의 아파트까지 장만한 위인인데, 그만 보증을 잘못 서는 바람에 아파트를 날리고 말았단다. 그래서 죽겠노라고 차 안에 들어가 번개탄을 피웠는데 정작 본인은 심폐소생술로 살아나고 머리만 이상해졌다는 것이다. 정 간호사는 컴퓨터의 하드가 나간 것과 비슷하다고 설명했다.

"주차는 선을 잘 맞추는 게 기본이야. 이렇게. 봐. 이렇게."

자기 휠체어의 바퀴를 바닥의 타일 경계선과 나란히 하려고 애를 쓰는 것이었다.

"빨리빨리 커피 루와 한 잔 주세요."

"잠깐 기다려요. 우리도 주차 좀 잘하고…… 자ー. 그럼 커피 루와을 가져올게요."

간호사실로 가며 홍일국은 아내 입에서 나온 커피 루와이라는 단어가 몹시 궁금했다. 마침 가을의 미소 천사로 뽑힌 정 간호사가 자리에 있었다. 아내가 평소답지 않게 커피 타령을 한다는, 그것도 루와이라는 한 번도 마시기는커녕 본적도 없을 커피라는 말을 하자 정 간호사는 치매 환자에겐 아주 오래된 기억은 잊지 않고 있다가 내뱉는 경우가 종종 있다고 하였다. 그러나 일국은 아내와 결혼 생활 사십오 년은 물론 대학 시절과 직장 시절에도 가깝게 지냈기에, 루와이 끼어들 틈이 없었다고 단언하였다.

"아이참! 그럼 고등학교 때, 그도 아니면…… 아버님이 모르는 어머님만의 어떤 추억이 있으셨던가 보죠?

아내의 고향은 경북 영양이었다. 고등학교까지 그곳에서 다녔는데 그 당시에 고추와 담배 말고는 자랑거리가 없던 두메라 아내는 고향 이야기만 하면 한발 물러서며 부끄러워하였다. 담배면 몰라도 커피 루왁이 들어설 자리가 아니었다.

"아무튼 루왁을 가져오라고 보채는데 정 간호사가 마시는 아메리카노 한 잔 어떻게 안 될까?"

"기다려 보세요. 제가 잠깐 검색해 볼게요."

정 간호사는 PC를 한동안 투다닥거리더니 루왁 커피는 향도 맛도 좋지만 구수한 맛도 있다고 하였다.

"루왁 커피의 향과 맛에 대한 기억은 지금까지 보관 못하고 계실지도 몰라요. 제가 아메리카노 새로 진하게 한 잔 빼 드릴게 둥굴레 차 살짝 담갔다가 드려 보세요. 아버님! 성공하면 한턱 쏘시기예요? 오케이?"

"당근이지."

일국이 젊은이들처럼 V자로 고마움을 표시했으나 손가락 흔드는 것도 이제는 부자연스러웠다.

혹 그사이 내뱉은 말을 기억하지 못하는 것은 아닐까 조바심을 내면서 정 간호사가 특별 조제한 아내의 약, 커피 루왁이 담긴 찻잔을 들고 일국은 아내에게 갔다.

아내는 자리에 없었다. 보이질 않았다. 그때 '여─어 일국 선생!' 하며 성북동이 다가오더니 하늘공원으로 가보라고 한다. 성북동 노인의 정신은 평소에는 문제 없는데 비가 오는 날이면 조바심을 내며 만나는 사람마다 붙들고 성북동 가려면 어디서 버스 타야 하느냐고 묻고 다녀 멀쩡한 사람들은 피하기 일쑤였기에 붙여진 별명이었다.

삼 년 전 성북동 집에서 비 오는 날 외출을 하였는데, 집으로 가는 길을 잊어 버렸다나. 파출소에 맡겨진 성북동 노인을 아들 며느리가 와서 곧장 이곳 실타로 길을 틀었다고 했던가.

하늘공원으로 가니 일국의 아내는 간병인 최 씨와 해바라기를 하고 있었다.

"자─ 주문하신 커피 루와 나왔습니다."

찻잔 뚜껑을 열고 아내의 손에 쥐여 주었다.

홍일국 아내의 눈은 허공을 향하고 있었다. 하늘은 짙푸르고 높았다. 어쩌면 원더우먼처럼 추억의 하늘을 날고 있는 중인지도 몰랐다.

"대학 때였어요. 입학생들을 위한 오리엔테이션을 시작했죠."

"루이스 가든이었지, 아마."

"네, 맞아요. 루이스 가든. 오리엔테이션 도중에 어느 남학생이 단상으로 뛰어올라 마이크를 빼앗더니 대학 측의 오리엔테이션 진행이 잘못되었다며 개선을 요구하는 것이었어요. 목소리가 신성일 같았지요."

"아! 문창과 복교생 김진태! 과대표였지. 나중에는 운동권으로 돌아섰지, 아마?"

홍일국은 그가 선동꾼에다가 여학생들도 잘 후렸다는 말은 하지 않았다.

"시내에서 일국 씨를 만나러 가는 길이었는데 나를 알고 있다면서 잠깐이면 된다며 근사한 커피숍으로 데려갔어요. 이 정부를 어떻게 생각하느냐면서 다가오는 종업원에게 한마디 하더군요. 커피 루와."

"얼굴은 생각이 안 나는데 목소리, 목소리는 생각이 나요. 커피 루와!"

아내가 계속 말을 이었다.

"그래서 그날은 일국 씨와 데이트에 삼십 분이나 늦

었어요. 전 엄마가 시골에서 올라오셨다고 일국 씨에게 거짓말을 했더랬죠. 참 미안했어요. 선생님도 혹시 아세요? 홍일국 씨를? 참 오래 사귀었는데…… 어디 계실까?"

그녀 곁의 일국은 낮에 켜놓은 가로등 신세였다. 오로지 젊은 시절의 홍일국을 먼 곳의 남자로 기억하며 아무나 붙잡고 일국의 행방을 묻곤 했다.

홍일국의 아내는 유언 한마디 못해 보고 두 해를 더 살다가 재가 되어 바다로 갔다.

마지막 가는 길은 집에서 배웅을 해주고 싶었는데 아내는 실버타운에서 임종했다. 환자 신분으로 보내긴 싫었다. 자식들이 부르는 '엄마!' 소리 들으며 집에서 죽기를 바랐는데 그것이 그렇게 어려운 일이었을까?

일국은 곰곰이 생각하니 어쩌면 자기 자신도 집에서 죽기는 어려울 것 같았다.

홍일국이 가래 끓는 숨을 토하며 헉헉댄다. 자식들은 놀라고 다급해서 119를 호출한다. *삐뽀! 삐뽀!* 울어

젖히며 병원 응급실에 도착한다. 사람들이 나타나 이것저것 검사하며 체크하기 시작한다. 의사는 잠시 후 전혀 바쁘지 않게 나타난다.

아비를 살려달라는 자식들의 말에 의사는 각서를 받아 놓았다.

'환자가 숨을 안 쉬는데 인공호흡기로 호흡 유지합니다.'

잠시 후 다시 자식들한테 왔다.

'인공호흡기로는 안 되니 목을 뚫어 삽관, 호흡 유지하겠습니다.'

또다시 왔다. 걱정스러운 표정이 아니다. 지극히 사무적이다

'심장이 멈추었습니다. 심폐소생술을 하겠습니다.'
그러더니 일국의 가슴에 제세동기를 갖다 댄다. 악! 죽일 놈들! 저승 문고리를 막 잡은 홍일국의 뒤통수를 잡아채듯 그들은 저만치 날아오르는 일국의 심장박동을 유턴시키고 있었다. 일국의 상체가 놀라 펄쩍 뛰었다. 악! 이승과 저승의 경계에서 막 저세상으로 넘어가던 일국의 영육이 대혼란을 겪으며 고통스러워했다.

'여기가 어디냐? 저승이냐? 이승이냐? 으─악 지옥
이란 말인가.'

'소변이 안 나오니 투석합니다. 오줌 줄 차세요.'

'혈관으로 칼로리 보충합니다.'

침대 양쪽으로 링거병이 걸렸다.

한 발이나 되는 줄을 코로 집어넣으며,

'유동식 드립니다. 환자가 줄 빼실까 봐 손 묶습니다.'

자식들은 코빼기도 안 보인다.

'오줌 줄이 엉키니 발도 침대에 묶을게요. 홍일국씨!'

소리를 지르며 홍일국이 악몽에서 깨어난 건 한낮
이었다.

'이건 아닌데. 이렇게 죽을 수는 없다. 안 되지, 안
돼!'

절개를 지키려다 잡힌 사육신처럼 중환자로 묶여 있
는 악몽에서 깨어난 일국은 생각에 잠겼다.

먼저 간 아내의 길을 답습할 것 같은 공포감에 휩
싸였다.

'아내에겐 내가 있었지만 큰일 났구나.' 일국은 저승

길도 알아서 가야 할 것 같았다. 바쁜 아이들에게, 119
에게 맡기고 싶지가 않았다. 유언 한마디 없이 간 아내
가 생각났다. 일국은 무언가 미리 남겨야 했다. 무엇
을 남긴담?

홍일국은 가족들의 반대를 무릅쓰고 아내를 화장하
고 유골을 곱게 한 후, 고향의 선산도 아니고 납골당이
나 수목장도 무시한 채 부산에서 배를 탔다. 바다로 나
갔다. 넓은 곳에서 가족들의 걱정은 잊고 시원하게 마
음껏 주유하다 승천하라고 바람에게 아내를 실어 보
내고 왔다.

일국은 저승길도 혼자 알아서 가야 한다면, 우아하
고 품위 있는 죽음이 사치일지 모르나 최소한 고독하
게 죽고 싶지는 않았다. 온 가족에게 둘러싸여 있다가
가는 망자는 저 세상에서도 큰소리칠 것 같았다. 홍일
국은 그런 호사는 못 누리더라도 중간은 가고 싶었다.
부산의 다세대 주택 어떤 노인처럼 집주인에게 백골 상
태로 오 년 만에 발견되고 싶지는 않았다. 고독사. 할

수만 있다면 다시 듣고 싶지 않은 단어라고 일국은 생각했다.

'내 손을 잡고 있다가 저승으로 가는 기차에 오르면 마지막으로 손을 흔들어 주는 사람은 누구일까? 아무 연줄도 없는 호스피스?'

절로 나오는 한숨이 가슴을 파고들었다.

홍일국은 아내의 케어를 간병인에게만 맡길 일이 아니어서 이 년여를 출퇴근하다시피 했었다. 아내를 떠나보내고 허허로운 마음으로 드리없이 지내다가 그 역시 이곳에 들어와 힘겨운 날들을 보내는 중이었다. 그런데 여사가 왔다.

사람의 내일은 아무도 모를 일이었다. 두 달 전, 실버타운의 모란실에 새로 들어 온 영숙 여사에게 마음이 쏠리는 것을 어찌지 못하는 것이다.

'그래 고독하게 죽으리만치 실패한 인생은 아니었어.'

혼자 밥 먹기 이젠 정말 싫다. 홍일국은 입술을 깨

물었다.

'내 마지막 손은 그녀가 잡아 주면 좋겠다.'

영숙은 한때, 세신사라고 부르기도 하는 목욕관리사를 한 적이 있었는데 별명이 '서초동 명의'였다. 어렸을 적부터 한약방을 하던 아버지의 조수가 되어 손끝이 야무졌다. 학교 갔다 오면 얼른 숙제하고 놀러 나갈 생각도 않고, 찾아온 이의 얼굴이나 몸을 촉진하고 침을 놓고 약을 짓는 아버지 곁을 떠나지 않았다. 그래서 아버지는 돈은 없지만 내심 딸이 의대를 갔으면 했다. 그러나 사달이 나고 말았다. 무슨 귀신에 씌었는지 영숙은 덜컥 여군 하사관이 되고 말았다. 요즈음 같으면 국가공무원이니 안정된 직업이라 할 수 있지만, 그 당시에는 길 가는 여군이 있으면 모두 한 번씩 쳐다보던 시절이었다. 그런데 또 사달이 나고 말았다. 중위로 진급할 시기에 결혼한다고 덜컥 제대를 하였다. 그 후부터는 그녀의 인생이 꼬이기 시작했다.

월남전에서 다친 남편은 시름시름 앓다 죽고, 둘 사이에 생긴 남매는 고스란히 그녀 혼자만의 몫이 되었다. 친정집은 그녀가 군대 간다 했을 때 노발대발하여 자식의 인연을 끊는다 하였고 남편 쪽은 원래 재산이라곤 없는 집안이었다. 그래서 아이들을 어떻게 하면 남들처럼 키울까 생각한 것이 세신사였다. 때를 미는 기술과 요령을 터득하고 장소 좋은 사우나에서 보증금 수천만 원을 넣고 시작하면 한 달에 오륙백 벌기는 일도 아니었다. 지치지 않고 손끝만 매우면 할 수 있는 직업이었다.

아니나 다를까 그 길로 들어선 중년의 영숙은 유명한 서초동 H 여성전용 사우나에서 '사우나 명의'라는 소리까지 듣게 되었다. 원래 초기 유방암은 의사보다 목욕탕의 세신사가 잘 잡아낸다는 말이 있는데 틀린 말이 아니었다. 하루는 평상시처럼 상류층 차림의 오십 대 손님들이 왔는데 그중의 한 손님 겨드랑이에서 아주 미세하나마 멍울과는 다른 것이 직감적으로 촉진되는 것이었다. 영숙은 큰 병원의 정밀 검진을 조심스럽게 권했는데 옆에 있던 일행들이 와~하고 웃었다.

"하하하. 선무당이 사람 잡네. 그분 남편이 S 대학병원 외과 과장님이야."

그러나 결국 그 손님은 초기에 영숙이 발견해 준 덕분으로 유방은 놔두고 종양만 제거하게 되었다. '사우나 명의'는 불과 몇 년 사이에 쓸 것 쓰면서도 통장의 돈이 이억 원이 넘었다. 그러니 매달 나오는 남편 연금도 있어 생활의 불편함은 덜었는데, 집안의 종양을 초기에 잡아내지는 못했다. 딸은 엄마 영숙을 닮아 매사에 성실하고 공부도 잘했다. 덕분에 유방을 온전히 살려 일등 단골이 된 손님은 영숙의 딸이 공부 잘한다는 말을 듣고 중매까지 섰고 지금은 캐나다에서 잘 살고 있으나 문제는 아들이었다. 누구를 닮았는지 대학까지 나와 취직을 해도 한군데 오래 붙어 있는 법이 없었다. 집안에서 책이라도 보면 좋을 터인데 애초에 생산적인 행동과는 거리가 멀었다. 애물단지 아들은 영숙의 카드로 긁은 것이 어떤 때는 수백만 원을 넘기는 것이었다. 집안에서 빈둥거리기만 하는 줄 알았던 아들이었는데 어느 날부터는 집안에 택배 상자가 쌓이기 시작했다. 내용물을 보니 온통 여자 것들이었다.

아들에게 여자 친구가 생긴 것이었다. 말리고 싶었으나 제 눈에 안경이라고 우여곡절 끝에 결혼을 시켰다. 며느리는 끓일 줄 아는 것이라고는 라면뿐이었는데 누구 꾐에 넘어갔는지 대형 음식점을 오픈했다. 오픈 하는 날, 식당의 창문으로 적지 않은 보증금이 날아가는 환상이 보였다. 환상이 현실로 변하는 시간은 짧았다.

아들과 합세한 며느리의 낭비벽은 도를 넘었다. 돈이 궁해지자 아들은 아버지의 연금을 나누자고 떼를 썼다. 사달은 또 일어났다. 벌어 놓은 돈으로 영숙이 장만한 주택을 노후연금으로 전환하였는데 왜 자기하고 상의도 없이 그랬냐며 그것까지 절반을 달라는 것이었다. 상의했으면 집이 날아갔을지도 모를 일이었다. 안 주면 맞아 죽고, 반만 주면 졸려 죽고, 다 주면 굶어 죽는다는 끔찍한 우스개가 유머로 끝날 일이 아니었다. 세신 일로 근육통이 심해진 영숙이 실버타운으로 들어온 것은 순전히 살기 위해서였다.

영숙이 남자동 두루미실의 홍일국과 말벗이 된 것은 한 달 전쯤이었다.

천일홍이 만발한 산책길을 걷다가 영숙을 만났다.

홍일국이 용기를 내어 말을 걸었다.

"또 뵙습니다. 날씨 참 좋네요." 정중하게 인사하며 일국은 자기소개를 했다.

그리고 어느 날엔가는 또 만나게 된 벤치에서 "대단히 실례지만ー" 하며 또 용기를 내었다.

"여긴 어떻게 오시게 되었는지 물어봐도 될까요?"

짧게나마 영숙은 오게 된 연유를 이야기해 주었다.

"그래서…… 네. 천상병 시인처럼 '아름다운 이 세상 소풍 끝내는 날'처럼, 여기로 소풍 온 셈이지요."

영숙은 수줍고도 밝게 대답하였다. 일국은 뭔지 모르게 따뜻해 보이는 그녀의 모든 것이 싫지 않았다.

며칠 전 아침이었다. 식사를 마치고 홍일국은 샤워장으로 갔다. 아침 드라마 '일편단심 민들레'가 끝난 후, 열 시에 하늘공원에서 영숙 여사와 만나기로 하였다.

어젯밤 목욕은 했지만 일국은 한 번 더 개운한 몸이 되고 싶었다. 어제 게이트볼 시간에 음료수를 주면서 자연스레 데이트 약속을 받았겠다, 신이 난 일국은 면도한 얼굴에 로션도 바르고 코털도 대충 정리한 후 복도로 나왔다. 여자 동 모란실을 지나며 곁눈질을 주었으나 영숙은 그곳에 없는 것 같았다. 엘리베이터를 타고 하늘공원이 있는 7층에 내렸다. 가을 해가 아직 한창이라 모두 파라솔이 있는 테이블을 차지하고 있었다. 영숙이 테라스 쪽으로 앉아 있는 것이 보였다.

그런데 송철환이가 벌써 영숙과 마주하고는 무슨 이야기인지 한창 보따리를 풀고 있었다. "끄—응" 홍일국의 입에서 신음이 나왔다. '샤워를 하지 말고 그냥 올걸 그랬나.' 송에겐 눈총을 담아 "무슨 이야기를 그렇게 진지하게 하고 계시나?" 했지만 영숙에게는 짐짓 쾌활한 목소리로 아침 인사를 건네며 합석했다.

"호랑이도 제 말 하면 온다더니 잘 왔네. 지금 영숙 여사에게 자네 이야기를 하는 참이야. 자네가 얼마나 착해빠졌으면 알토란같은 재산 자식들에게 다 빼앗기고 실타 신세가 웬 말이냐 이거야."

"아니, 그건 또 무슨 뚱딴지여. 나는 빼앗긴 게 아니라 나눠 준 거라니까."

"아이고 하늘이 알고 내가 아는데 무슨 소리야. 자네

도 들어 봐. 내 말에 하자 있는가."

결국 송은 일국을 위한답시고 하는 얘기는 모두 일국이 얼마나 못났는가를 까발리는 셈이었다. 등잔불 밑이 어둡다더니 적은 가까운 곳에 있었다. 일국의 언짢음을 팽개치며 송은 더욱 신이 나서 흠집 내기를 이어갔다. 송의 흠집은 일국의 착해 빠짐을 일거에 박살 냈다. 원수가 따로 없었다.

"그래서 영숙 여사! 이 친구가 말입니다. 멀쩡히 살던 집도, 알토란 같은 땅 있던 거 자식들에게 다 털리고 여기까지 왔다는 것 아닙니까? 영숙 여사나 나야 가진 재산 없어도 자식들이 관리비 신경 안 쓰게 하지, 가끔 용돈도 주러 오지만 이 친구는 개털이라고요. 자식들이 찾아오기를 하나, 가진 돈 곶감 빼먹듯 하는 것 말고 뭐가 있느냐고요."

홍일국은 건강에 나쁘다는 것을 알지만, 개털과 곶감 빼먹는다는 말에 그만 울화가 폭발했다.

"뭐라구! 아니 이눔의 영감태기가 무슨 소릴 하는 거야? 지난번 추석 때 딸네가 와서 용인 나가 전복요리를 코스로 하고 온 걸 진정 몰라서 하는 말이여? 그리고 장남은 미국에서 한번 오는데 뱅기값이 얼만지나 알아? 그 돈으로 꼬박꼬박 내 입성 택배로 대잖혀? 막내야 프로 골퍼니께 시합이다 레슨이다 워낙 시간이 없는 거고…… 대체 영숙 여사 앞에서 나를 음해하는 이유가 뭐냐구!"

기실 송철환이 영숙 여사 앞에서 까발린 말이 어느 정도 사실은 사실이었다. 팔십 줄에 들어선 일국에게 재산이라곤 고향에 있는 땅과 삼십오 평의 아파트가 전부였는데 오 년 전 상처를 하고 혼자가 되자 아파트는 삼베옷에 물 배 듯, 어느 순간 장남 가족 차지가 되었고 손주들에게도 밀려 현관의 입구 방에서 큰 며느리 눈치만 보게 되자 홍일국은 마침내 마음고생을 끝내기로 하였다.

어느 날, 이남 일녀를 모두 불러 모은 뒤 홍일국은 선언하듯 자식들의 의중을 떠보았다.

"고향 땅에 선산이 있다고는 하나 시대가 변했다. 나는 옛날의 부모들처럼 아낌없이 주는 나무가 아니다.

등걸은커녕 몸통도 줄 생각이 없다는 뜻이다. 그리고 내가 죽은 뒤로 앞으로 해마다 조상의 차례를 지낸다는 보장도 없고 제사를 대행 준다는 업체의 잿밥은 더더욱 먹을 생각 없다. 그래서 조상 묘는 모두 파묘, 합쳐서 내가 너희 엄마를 바다에 뿌린 것처럼 나도 그렇게 해 주거라. 공연히 납골당에 보관도 하지 말고 나무에 이름 쓰는 수목장도 원치 않는다. 그냥 너희 엄마와 합쳐 기일을 정해 사진이나 한 장 옆에 두고 그 핑계로 모두 모여 밥이나 한 끼 먹고 헤어지면 좋겠다. 그리고 내가 가진 고향 땅도 있어 봐야 너희들 간에 괜한 갈등의 씨앗만 뿌려질 터. 그래서 나는 땅을 처분, 너희 셋과 나 이렇게 나눠 가지려 한다. 장남! 너는 이 집도 있으므로 이의가 없을 것이다. 그리고 나는 내 몫을 니들엄마가 있던 실버타운 보증금과 85세까지 살 용돈만 빼고 남은 것을 삼등분 할 것이니 신경 쓰지 말기를 바란다. 알겠느냐?"

"그래도 아버님. 아이들 크는 것도 보시면서 저희들하고 같이 사시는 게 아무래도 좋지 않으시겠어요? 다른 친구분들과의 체면도 있고……"하며 큰 며느리가 한마디 던졌다.

"아니다. 이젠 힘도 달리고 손주들 머슴 할 생각도 없다. 나를 실버타운에 보냈다고 너희들이 불효자라는 말을 들을까 그러는 모양이다만 너희들 엄마도 치매가 오자 그곳으로 가지 않았느냐? 나라도 자주 가 보았기에 망정이지…… 어험.

병수발 십 년, 아니 요즘은 일이 년 간병에도 효자 없다고 보면 된다. 내가 풍을 맞던가 치매 걸려 가는 것보단 아직 혼자 거동에는 이상이 없으니 지금 내 발로 가는 것이 더 낫다고 생각한다. 살기 바쁜데 너희는 자주 안 와도 된다. 무슨 날이다 하면 그때나 한번 오던지. 어험."

혹시나 했으나 일국이 제일 귀여워하였고 정이 갔던 막내는 묵묵히 듣기만 하였고 장남네와 딸네는 끝까지 슬픈 표정만 유지한 채, 어느 누구도 실버타운으로 간다는 아버지를 만류하지 않았다.

앞날에 대한 일말의 불안감도 애써 참으면서 단호하게 얘기한 일국은 짐짓 돌아앉는 시늉을 하였다. 그러자 조금 있더니 큰며느리가 슬금슬금 자리를 벗어나며 주방 앞에서 핸드폰 꺼내고, 일국의 자식들 역시 무슨 중대한 연구 과제물 보는 듯 핸드폰에 머리를 박는 것이었다.

그날 밤. 홍일국은 '내 이럴 줄 알았지. 낙동강 오리알이 따로 없구먼. 내가 알아서 황천길 찾아가야지.' 어쩌고 하면서 아랫입술을 풍선처럼 부풀리며 미리 작성해 둔 비장의 서류를 꺼내 다시 읽어 보았다.

언젠가 자기의 부고장을 미리 써 둔 위인이 있다고 신문에 난 것을 보고 그것을 본떠 '나는 죽은 다음에 부고장이나 돌릴 것이니 그리들 아시오!' 하는 심정으로 작성한 글이었다.

망자하고 일면식도 없는 사람들이 체면 때문에 와서, 망자하고 전혀 관계없는 얘기만 하다가 가고 또 장례식장에서 돈 세는 꼴도 보기 싫어 문상객도 안 받고 장례도 하루에 끝내라 할 작정이었다. 유골은 바다에 뿌리면 되니 돈 들일 일도 돈 받을 일도 없는 것이었다. 다만 그때까지 살아 있는 지인들을 위해 거동하기 불편하지 않을 때, 큰 식당 빌려 노래방 기기도 갖다 놓고 반

나절 굿바이 파티하면 설마 욕이야 하겠는가, 하며 일국은 다시 한 번 부고장을 읽어 보았다.

부고장

　본인 홍일국이 노환으로 2033년 8월 15일 자택에서 죽었기에 삼가 알려 드리며, 사고사나 돌연사 혹은 고독사가 아니었기에 다행으로 생각해 주시면 고맙겠습니다. 크게 결례일 줄은 아오나 이 부고장을 받아 보시는 시점엔 이미 발인도 끝나고 바다장으로 하였기에 장지는 없습니다. 이 모두 저의 뜻으로 가족과 협의, 자식이 주관하였음을 밝힙니다.
　간단하게 죽음을 알리는 것으로 그치는 것이 부고장입니다만, 저승길의 길목에서 느꼈던 감정을 조금이나마 남기고 싶었기에 다소 글이 장황하더라도 끝까지 읽어 주시면 감사하고 읽기를 그만두셔도 좋습니다.
　저는 백세까지 산다는 세상에서 팔십오 세로 마감했으니 중간은 한 셈이고 무엇보다도 노년에 걸리지 말아야 할 말기 암이나 중풍도 아니었고, 치매로 타인을 괴롭히다가 죽은 목숨도 아니었습니다. 정말 하느님께 감사할 따름입니다.
　혼자 알아서 가야 하는 저승길이지만 저승사자들

입맛대로만 하고 싶지 않아서 죽기 전에 제 부고장을 미리 써 놓은 것입니다.

오래전 부산에서 칠십오 세의 여성 세입자가 집안에서 백골 상태의 시신으로 누워있는 것을 오 년 만에 발견했다는 신문기사를 기억하시는지요? 가족이 뿔뿔이 흩어져 무연고 신세가 된 분들도, 세상에서 마지막으로 눈을 감을 때 곁에 아무도 없는 고독사 보다는 옆에서 그동안 돌봐주었던 호스피스나 간병인의 손이라도 잡으며 떠나면 덜 슬플 것입니다. 물론 죽을 때 온 가족에 둘러싸여 있다 간다면 천국행은 따 논 당상이겠지요.

제가 죽기 전, 일주일 정도 병원에 있을 때입니다.

제 병상 옆에는 골수종 말기로 들어온 천억 원대의 빌딩을 가진 환자가 있었습니다. 이미 세포이식수술이며 방사선치료도 받았으나 나아질 기미가 없는데도 불효자 소리 들을까 봐 자식들은 너도나도 질세라 더욱 더 센 항암치료를 요구하였습니다. 오래도록 값비싼 고강도 항생제를 투여 받으며 몹시 고통스러워 했고 결국, 인공호흡 심폐소생술도 허사로 돌아갔습니다. 그는 지옥에서나 맛볼 고통을 자식들과 의사에게 받으며 칠 년 만에 숨을 거두었습니다. 과연 환자는 자식들과 의료진의 '최선을 다함'에 만족한 느낌으로 칠 년을

살다 죽었을까요? 그보다는 겨울에 추위를 소주로 달
래다가 돌연사한 서울역 광장의 노숙자가 더 나은 편
이 아닐까 저는 생각합니다.

그래서 오래전 뇌졸중으로 돌아가신 어머니와 치매
로 먼저 간 집사람의 고통을 어느 정도 알고 있기에, 저
는 자식들을 불러 놓고 '사전의료의향서'와 '사전장례
의향서'에 보증인 서명을 받아 두었습니다. 아무 준비
없이 있다가 가는 것보다는 낫기에 말입니다.

저는 지금 세상을 하직하였으나 외로워서 무섭거나
쓸쓸하기만 한 것은 아닙니다.

저승길─. 까짓것. 죽기 아니면 까무러치기 아니겠
습니까?

다음 인연으로 이어질 때까지 부디 안녕히 계십시
오.

망자 홍 일 국 배상

부고장을 미리 써 둔 홍일국은, 내가 죽으면 부고
장대로 해달라 하고 싶었으나 장남네는 재산을 정리
하고 미국으로 간다기에 복사본을 주는 수밖에 없었
다. 차남은 잘나가지 못하는 프로골퍼를 핑계로 백화
점에 골프샵을 열었다가 어느 사이 문을 닫고 함흥차

사가 되었다.

그동안 제일 많이 찾아와서 얼굴을 보여주던 딸은, 시어머니 모르게 동생에게 돈을 융통해 주다가 받지 못하자 찾아오는 횟수가 줄고 말았는데 그래도 이 상황에서는 딸에게 부탁할 수밖에 없었다.

"미안하구나. 남자가 둘씩이나 있어도 이 봉투는 네가 가지고 있어야겠다. 내가 직접 미리 써 둔 부고장과 나의 사전의료의향서와 장례의향서이니 때가 되면 이대로 해 다오. 미안하다. 실버타운의 보증금은 네가 찾을 수 있도록 해 놓았으니 나중에 막내에게 빌려준 돈도 시가에 갚고 나머지는 네가 쓰도록 해라."

딸에게 단단히 부탁하고 실타로 들어서는 홍일국은 어느 사이 답답했던 마음이 개운하고 새로운 힘도 솟는 기분이 들었다.

자. 이제 남은 여생이 십 년이 될지 오 년이 될지 모르나 갈 데까지 가 보자. 저승길은 다음 문제다. 모든 것 털어 버리는 거야.

그러나 모란실의 영숙에게 마음이 가는 것을 어쩌지 못하는 일국이었다.

그녀에게는 아련한 대학 시절의 아내 모습과 흡사한 분위기가 있어 정이 가는 것이었다. 그래서 젊은 애들 말로 작업 좀 해 보려는데 하필 룸메이트가 고춧가루를 뿌리다니!

며칠이 지난 어느 날, 택배가 홍일국의 두루미실로 도착하였다. 택배 박스의 발송 주소를 찬찬히 살펴보던 일국은 박스를 들고 하늘공원으로 올라갔다. 아직 오전이라 영숙도 송철환도 해바라기를 하고 있었다. 홍일국은 그들에게 다가가 택배 상자를 탁하고 내려놓았다.

"허 참! 큰놈이 이번엔 미국에서 정관장 홍삼정을 택배로 보내왔네? 인터넷으로 주문한 모양이여. 여기 보이지? 주소! 주소를 잘 보라고!"

*간담상조(肝膽相照): 서로의 간과 쓸개를 꺼내 보인다는 뜻으로 속마음을 터놓고 가까이 사귐을 이르는 말.

악인 조도사

호랭이 담배 피던 시절 '악인' 얘기를 좀 해볼까 합니다. 오늘날 주소로 치면 경남 부산진 바닷가 어디쯤인가에 태어났다고 하는 조선시대 사람 조씨라는 인물에 대해서 말입니다.

조선시대 부천 지역은 '부평도호부富平都護府'라 해서 인천 지역까지 관할구역으로 다스릴 만큼 엄청나게 번성한 곳이었지요. 부평 지역은 강화도로 가는 길목을 지키던 김포, 인천 지역과 더불어 군사적으로 중요한 위치였기에, 전쟁이 일어날 때마다 수많은 백성들이 애꿎게 희생되곤 했습니다.

또한 강화섬은 아시다시피 예부터 오랑캐의 침략에

맞서 싸우던 고려의 요충지였던 까닭에 이 섬을 방어하기 위해 조선시대에 부평 지역에 도호부를 설치한 것은 너무나도 당연한 일이었습니다. 부평도호부는 왕이 신임하는 종삼품 직급의 문무를 겸비한 도호부사가 다스렸습니다만, 병신년의 초란으로 '사람이 먼저다'를 외치며 왕위를 찬탈한 문큠이 초란공신들에게 감투를 하나씩 주었는데, 그 모질이 나부랭이들이 조정에서 낙하산을 타고 내려와 애먼 백성들께 감 놔라 배놔라 떵까떵까 하다가 살림을 거덜 내다 임진년엔 왜놈 장수 아베 유키나가[安倍行長]에게, 병자년엔 믿었던 오랑캐 같은 뽀요이스족에게 당한 거 아니겠습니까? 병자호란 때 수많은 백성들이 강화섬으로 피난 가려 했지만, 검찰사 김경징이란 작자가 문큠의 실세였던 애비 김류 대감의 후광만 믿고 군대와 가족들만 먼저 배를 태워 섬으로 건너가게 하는 바람에, 수많은 백성들은 뒤쫓아 온 청나라 군대에게 떼죽음을 당하고 말았습니다. 어디 그뿐이었겠습니까. 어렵사리 강화섬에 들어간 사람들조차 거센 파도가 넘실거리는 바다만 믿고 섬을 제대로 방어 못했던 김경징의 직무유기 때문

152

에 천혜의 요새 '강화섬'을 그만 빼앗기고 말았습니다.

아무튼 이야기는 여기부터 올시다.

병신초란도 끝나고, 병자호란도 치르고…… 세월은
또 흐르고 흘러, 지금의 경기도 부천시 원미구 상동 자
리인 석천면 구지리 마을에 이천利川을 본관으로 하는
조씨曹氏 성을 가진 양반이 살았다고 합니다. 이마엔
나무 뿌다구니처럼 혹이 달리고, 소갈딱지는 번데기
똥구멍 만한 그가 정확히 어느 임금 때 인물인지 알 수
는 없습니다. 허나, 조선시대의 상황들을 감안하면 유
교적 질서가 흔들리고 삼정三政이 문란했던 시절, '금
수저'를 입에 물고 태어난 사람임엔 틀림없었습니다.

조씨의 할애비가 관리들의 비리와 불법을 살피고 과
시(科試: 관리를 뽑을 때 실시하던 시험)를 맡아보던 종
오품 도사都事 벼슬을 지낸 관계로, 마을에서는 후손인
그를 대접해서 도사라고 불러 주었습니다.

그당시 조선에서는 궁민窮民들에게 크게 이바지했
다하여 공신功臣이나 높은 벼슬아치의 자식들을 과거

시험에 의하지 않고 관리로 특별히 채용하기도 했는데, 이를 '음서蔭敍'라 하였습니다. 그러나 수혜자가 오천인지 육천인지 또한 그 누구인지는 아무도 아는 이가 없다고 하였습니다.

구지리 마을에 살았던 그는 종5품 벼슬을 지낸 이의 손자였으나 '음직'을 얻지 못하였고, 과거시험을 볼 때마다 낙방을 하였죠. 그래도 할애비 덕분에 제법 많은 땅을 상속받아 그 땅을 더 크게 늘려서 아주 잘 먹고 잘 살았기 때문에 마을 사람들은 그 할애비의 직함을 그대로 사용해 '조도사'라 불렀던 것이지요.

얼굴은 이마 번득하고 입술 역시……. 암튼 그지없이 착하고 선한 화상으로 할애비와는 전혀 딴판인데…….

그건 그렇고요. 소가 미쳤다는 우환과 초란이라는 두 번의 난리를 겪은 조선은 모든 것이 파괴되는 바람에 백성들의 삶이 피폐해졌지만, 그 시절이나 지금이나 나라를 운영하기 위해서는 백성들로부터 세금이란 것을 거두어들여야 하고 각종 의무를 이행하도록 해야 하는데, 그러자면 어디까지나 공정하고 평등해야 하지 않겠습니까?

그런데 말입니다. 우환과 초란의 피해를 복구하는 일에 상당히 많은 시일과 비용이 드는 시점에, 왕권의 약화와 더불어 특정 가문들이 득세하여 부패한 세력들이 당동벌이黨同伐異하며 온통 나라 살림을 결딴내기 시작하였습니다. 그 당시 백성들에게 부과하던 세금이나 각종 의무가 애초에는 부담하기에 그리 과도하진 않았는데, 세도정치가 오래 이어지면서 썩은 냄새가 여기서 풀풀 저기서 풀풀하였지요. 계속 자기네의 권력을 유지하기 위해 학식과 경험이 턱없이 부족한 화상들만 끌어 모았습니다. 또 그 조직을 유지하기 위해 많은 재물이 필요하게 되자 거두어들이는 세금과 부역賦役의 가혹함에 죽살이치는 것은 백성들뿐이었지요. 백성들의 살림살이가 결딴나기 시작한 것입니다. 정권을 잡은 기득권 세력이 나날이 커지면서 그들에게 빌붙어 벼슬을 하고자 하는 측근 세력들은 아예 공공연하게 궁민窮民들의 재물을 빼앗아 뒷구멍으로 세도가에 재물을 바치고, 벼슬을 산 작자들은 본전을 찾기 위해 백성들의 고혈을 빨았습니다. 이를 견디지 못한 궁민들은 굶주리며 세금과 부역에 시달리다가 더는 감당할 수 없자 돈 많은 양반이나 부자富者들에게 자신들이 가지고 있던 재산을 거의 헐값으로, 아니 빚 대신 그냥 빼앗기고 죽는 경우가 다반사였습니다.

이렇게 혼탁한 시절에 바로 경기도 부평 고을에 살던 '조도사' 양반은 조상으로부터 물려받은 재산을 밑천으로 해서 수탄면, 옥산면, 석천면을 비롯해 서쪽으로는 인천, 동쪽 방면으로는 김포 남쪽으로 시흥 일대에 이르기까지 전세田稅와 환곡還穀 그리고 군포軍布를 내지 못한 백성들의 땅을 사들였습니다. 나중에는 자기가 살고 있는 동네의 인근 전답 절반을 소유하게 되었다고 합니다. 엊그제까지 땅을 가지고 있던 이웃 사람들에게는 소작小作을 주어 땅을 경작하게 하였는데, 만약 그들이 흉년이나 천재지변으로 소작료를 제대로 내지 못하면 그 소작인들을 인정사정없이 자기 집 머슴이나 노비로 만들기도 하였습니다.

뿐만 아니라, 욕심과 심술은 떼려야 뗄 수 없는 관계

인지 조도사는 심술도 대단했습니다. 아직 자기 소유의 땅을 가지고 있는 일부 이웃 사람들에게 툭하면 시비를 걸거나 행패를 부렸습지요. 그의 신분은 진짜배기 양반이었지만, 그의 심통은 판소리 '박타령'에 나오는 '놀부'보다도 더 고약하고 쩨쩨했던 것으로 알려져 있었습니다. '놀부'가 술 잘 먹고, 욕 잘하고, 거드름 피우고, 싸움질 잘하고, 죄 없는 상놈 건방져 보인다고 뺨치기, 빚값으로 남의 계집 뺏기, 남 잘되는 거 보면 배 아파 하는 게 주특기였다는데, 바로 그 놀부란 놈의 못된 행실을 그대로 따라 조도사가 실천으로 옮겼다는 것 아니겠습니까?

조도사는 부모가 정해 준 양반집 처녀와 어려서 혼인을 하였지만, 여색을 밝혔습니다. 제때에 빚을 갚지 못하거나 나라의 환곡을 갚지 못하면 빚을 탕감해 주거나 값싸게 해결하고 그 집 처와 딸내미의 얼굴이 고우면 첩실妾室로, 박색薄色이면 침모針母, 찬모饌母, 행랑어멈으로, 계집아이는 몸종으로 들여, 조도사네 집에는 여느 양반집보다 여자 식솔食率들이 아주 득시글득시글했다고 합니다. 또한 머슴이나 남녀 노비들은 부평도호부 관내 제일 부잣집에 살면서도 굶어 죽지 않을 정도의 식량만 내어 주어서 겨우 하루 두 끼, 허술한 먹거리로 늘 주린 배를 움켜쥔 채 일을 해야 했습니다.

그래도 얼굴이 예쁜 첩실은 조도사에게 있어서 예외였나 봅니다. 첩실들의 친정 식구들에겐 소작료도 아주 저렴하게 받으면서 제법 많은 전답을 경작하도록 해 주었으니 말입니다. 그중에서도 강화도 출신 추씨 성을 가진 첩실이 한 명 있었는데, 얼굴은 예뻤지만 소갈딱지가 없어 어찌나 성질은 급했는지 조금만 토라지면 자기 성질을 자기가 이기지 못해 혼절하기 일쑤였습니다. 마치 강화도 생선인 '밴댕이'의 성질과 비슷한 소갈머리를 지녔다고 해서 '밴댕이 추녀'였습니다. 이 '밴댕이 추녀'란 별호의 첩실은 가끔씩 조도사를 모시고 강화도에 갈 때마다 그곳 특산물인 밴댕이로 '밴댕이회' '밴댕이구이' '밴댕이젓갈' '밴댕이 매운탕'을 아주 맛있게 조리하여 예쁨을 거의 독차지했다고 합니다. 조도사는 는실난실하며 예쁜 짓을 할 때는 '밴댕이'라고 불렀고, 가끔씩 톡톡 쏘며 토라지기를 잘할 경우에는 '밴댕이 추년'이라고 불렀는데, 그녀가 앞에 없을 때는 식솔들도 이구동성으로 '밴댕이 추년'이라고 불렀다고들 하네요. 하여간 조도사는 여러 첩실들 가운데 유독 '밴댕이 추년'을 총애하였고, 그녀의 친정 식구들에게 '마름' 구실을 시켜서 강화도와 그 주변 섬에 흩어져 있던 농토와 어선漁船 어장漁場들을 관리하게 하는 등, 자기 딴에는 특혜를 베풀기도 했습니다.

물론 '밴댕이 추년'에게만 은애恩愛를 베풀었을 뿐이고, 본디 성품이 포악하기로 악명 높은 조도사는 변함없어서, 예컨대 이웃집 소가 조도사네 콩밭에 들어가면 그 소를 죽이고 소 값을 물어주지 않았습니다. 막상 소의 주인은 냉가슴만 끙끙 앓았을 뿐 변변히 항의조차 못했다고 하네요. 그리고 걸핏하면 빚을 다 갚지 못한 이웃 사람들과 소작료를 제때제때 갚지 못한 사람들을 붙잡아다가 자기 집 마당 섬돌 아래에서 매질을 하였다니 지옥의 야차가 형님! 하고도 남을 위인이었지요.

도사 벼슬을 지낸 조부祖父를 둔 덕분에 부富를 상속받아 금수저를 입에 물고 태어난 조도사가 어째서 그렇게 저 충청도의 '자린고비'가 울고 갈 만큼 인색하고 인정머리라고는 눈곱만큼도 없는 인물이 되었는지 그 까닭은 부평 고을의 어느 누구도 정확히 알 수가 없었답니다.

참! 자린고비 조륵(趙玏: 1649~1714) 선생은 잘 아시는지요? 평생 검소하고 인색하긴 하였지만 그는 경기도의 조도사처럼 그렇게 잔인하지는 않았다고 합니다. '자린고비'란 '오관(五官 : 눈-귀-코-혀-피부)에 다 거슬릴 정도로 더럽다'는 의미와 '아니꼽게 느낄 정도로 인색'한 사람을 가리키는 말입니다. 신발이 닳을까 봐 웬만한 곳은 신을 신지 않고 손에 들고 다녔으며, 조기 생선 한 마리를 마루 천정에다 걸어 놓고 한 번씩만 쳐다보고 밥을 먹었다는 이야기, 공짜로 생긴 북어北魚가 밥벌레라며 거름더미에 파묻었다는 일로 유명했지만 선생은 환갑이 가까워지면서부디 구두쇠 생활을 마감하고 이웃 사람들에게 자신이 가진 것을 베풀고 자선을 널리 행하기 시작했답니다. 지나는 과객이 하룻밤 묵기를 청하면 대접이 융숭하였고 환갑잔치를 치르고 나서는 전 재산을 가난한 이들에게 골고루 나누어 주었습니다. 선생의 출신 지역은 충청도 음성陰城 고을이었지만 당시 전라도 경상도 지역에 심한 가뭄이 들어 가난한 백성들이 굶주리게 되자 그는 아낌없이 곡식 창고를 열었다는군요. 어느 날, 과객인 양 며칠 동안 조륵 선생 집에 묵었던 암행어사가 당시의 모든 행적을 임금께 보고하여, 조정에서는 선생에게 정삼품의 높은 벼슬을 내렸지만, 선생은 사양했다고도 합니다. 하여 지금도 그의 묘소에는 생전에 구휼救恤의 은혜를 입었던 일반 백성들이 추모하여 세운 '자인고비(慈仁考碑 : 어버이같이 인자한 사람을 위한 비석이라는 의미)'라는 비碑가 남아 있다고 합니다.

자, 그런데 경기도 부천에 살았던 조도사 양반은 저 충청도 자린고비처럼 자기 집에 나그네가 하룻밤 묵는 것을 허용했을까요?

어느 날 조도사 양반댁에 남루한 행색의 나그네가 '솟을 대문'이 세워져 있는 고대광실高臺廣室 조도사의 집 대문을 두드리며 하룻밤 묵어갈 것을 청했다고 합니다.

그러나 하필 부인의 강샘에 심사가 틀어져 지내던 조도사는 폐포파립(敝袍破笠: 해진 옷과 부서진 갓) 행색을 한 나그네의 청을 들어주기는커녕 아랫것들을 시켜 마당 한복판 형틀에 묶어 놓고는 곤장을 치게 했습니다. 조도사는 찌렁찌렁한 목소리로 "네 놈이 비렁뱅이 처지에 몰락한 양반 행세하며 부서진 갓에 다 떨어진 도포자락을 걸쳤으니 가짜 양반 행세를 한 것이 그 첫 번째 죄요, 온 나라가 우환과 기근으로 고생을 하는데 품이라도 팔아 입에 풀칠을 해야 마땅하거늘 너는 일할 생각은 않고 무전취식無錢取食이나 하려 했으니 그것이 두 번째 죄이니라." 하면서 그 과객에게 치도곤을 안겼습니다.

'두고 보리라'하던 과객은 그만 대매(단 한 번 때리는 매)에 무어라 대꾸도 못한 채 혼절해 버렸습니다. 가만히 있을 조도사가 아니었죠.

"여봐라. 저 놈이 꾀를 쓰는구나. 더욱 매를 심하게 쳐라. 그래야 앞으로 소문이 나서 두 번 다시 우리집에 저런 비렁뱅이들이 얼씬거리지 않을 거 아니냐. 어서 치렷다!"

길길이 뛰며 노발대발 했습니다.

하인들이 매를 전문으로 때리는 집장사령執杖使令들이 아니어서 곤장 치는 솜씨가 서툴렀는지 아니면 평소 주인 조도사의 시달림에, 의도적 분풀이였는지 몰라도 곤장 몇 대를 맞은 과객은 그만 숨을 거두고 말았습니다.

그 당시 조선왕조의 사회제도는 사농공상士農工商의 계급 차가 엄격한데다가 지방 토호土豪 양반들의 행패가 아주 대단하였지만, 간혹 양반들에게 매를 맞아 죽은 백성이 발생할 경우에는 비록 그가 잘못을 저질렀고 출신이 천민이라 할지언정 매장埋葬을 해주는 것이 오래된 관행이었습니다. 아무리 삼강오륜이 물구나무 섰다해도 명색이 그 당시 조선은 인의仁義를 근본으로 하는 유교를 국시國是로 삼은 나라였기 때문이지요.

어쨌든 어이없게 단 몇 대의 매를 맞고 과객이 죽어 버리자, 조도사는 속으로 움찔하면서도 귀찮은 일이 생겼다며 아랫것들에게 빨리 염습을 해서 야산 발치에 매장하라 시켰습니다.

그래서 하인들이 죽은 길손의 시신을 씻기고 새 옷

을 갈아입힌 뒤에 염포殮布로 묶어 주려고 우선 그의 남루한 옷을 벗겼는데 말입니다. 죽은 이의 몸에서 호패와 함께 이상한 물건이 나왔습니다. 그것을 맨 먼저 발견한 머슴은 그게 무엇인지는 모르지만 그 둥글면서도 약간 무게가 있어 보이는 쇠붙이를 호패와 함께 얼른 챙겨서 주인인 조도사에게 바쳤습니다. 그것을 본 조도사는 기겁할 정도로 놀랐습니다. 호패엔 한궁민韓躬民이라 쓰여 있고 쇠붙이는 암행어사 마패가 틀림없었기 때문이었습니다. 번갯불에 맞은 듯 정신이 아득했지만 얼른 집안사람들에게 함구령을 내렸습니다.

"이 물건은 아주 재수 없는 요물이니라. 이것을 식구끼리 입에 올리거나 남에게 이야기하는 자는 저주를 받아 제 명에 못 죽을 것이니라. 그 전에 나한테 먼저 치도곤이 날 것이니, 그 입들을 꼭 다물라."

단단히 입단속을 했습니다.

어차피 지나가는 나그네, 즉 과객이니 그저 하룻밤 자고 가도록 허락하든지 그게 싫다면 그냥 대문 앞에서 내쫓아 버리면 되었을 것을, 그 몹쓸 심보가 조도사의 이마에 달린 뿌다귀에서 터져 나온 것이지요.

하인들을 시켜서 길손 암행어사에게 매질을 하게 한 조도사는 이제 그의 생애 처음으로 최고의 낭패를 보게 되었습니다. 과객이 죽은 날부터 조도사는 집안 식구들과 아랫것들을 단속했지만 어디 그게 그렇게 쉬운 일이겠습니까.

"아 글쎄……, 조도사가 사람을 죽였다네?"

"죽은 사람이 암행어사라는데?"

"뭐, 암행어사?"

암행어사 사망 소문은 처음엔 이 집 저 집에서 수군덕수군덕하며 들불처럼 번져 나가더니 어느 순간부터 일파만파一波萬波로 부평 고을 인근까지 쫙 퍼져 나갔습니다. 그 소문에 대해서 아랫것들은 아무도 조도사에게 귀띔해 주지 않았지만, 첩실들이 그 소문을 듣고 조도사에게 일러바쳤습니다. 첩실들 입장에선 조도사가 건재해야 친정붙이들이 땅뙈기를 얻어 경작할 수 있었기 때문이지요.

조도사도 당황했습니다. 하늘 높은 줄 모르고 너무 엄청난 일을 저지르고 말았다는 생각이 들자 앞으로 닥쳐올 일들이 두려운 나머지 일단 몸을 피하기로 하였습니다.

경기도 땅, 특히 뭍에서는 마땅히 피신할 곳이 떠오르지 않았습니다. 조도사는 우선 바다 건너 강화도에 있는 '밴댕이 추년'의 친인척 집을 전전하기로 마음먹고 어느 날 야반도주를 감행하였습니다. 애첩 '밴댕이 추년'을 동반한 채 자기 집의 하인들 중 가장 힘이 센 젊은 머슴 한 명과 함께 피신 길에 나선 것입니다.

젊은 머슴은 강화도에 딸린 아주 자그마한 섬 동검도東儉島 출신이었습니다. 거룻배 사공을 하던 중에 환곡 빚을 못 갚아 이리저리 도망 다니다가 조도사가 대신 갚아 주고 부평 고을에 와서 머슴이 된 자였습니다. '바위'란 이름을 가진 젊은 머슴이 등에 짊어진 지게에는 금은 패물이 잔뜩 들어 있는 자개함, 그리고 중요한 서책 몇 권과 땅문서가 들어 있는 서궤가 묵직하게 얹혀 있었지요.

처음엔 바다 건너 강화도 본섬에 살고 있던 '밴댕이 추년'의 친정 오라비 집에 몸을 의탁했습니다. 그 집은 만일의 경우에 재빨리 다른 섬으로 피하기에 적합한 외포리外浦里 마을에 있었습니다. 외포리에서 배를 얻어 타면 바로 바다 건너편 석모도席毛島로 도망칠 수 있었으니까요.

조도사가 강화도로 도망간 지 며칠 안 되어 암행어사의 죽음에 관한 소문은 사실로 드러나 한양에 있는 대궐에까지 알려졌습니다. 세도가의 자식으로 장차 큰 인물로 성장할 수도 있었던 젊은 어사의 피살 사건은 당시 조정 안팎을 발칵 뒤집어 놓다시피 했답니다. 그 범인이 부평 고을에 사는 조도사임을 알고 임금과 조정 대신들의 닦달로 포도청에서는 종2품 포도대장이 사건을 직접 지휘하기로 하였습니다. 지방 관아와 합동으로 포졸들을 사방팔방에 풀어 살인범 조도사를 본격적으로 추적하기 시작하였습니다.

조도사 애첩 '밴댕이 추년'이 '전등사傳燈寺'에 모신 부처님께 불공을 드리러 간 날이었습니다. 그곳에 관가에서 나온 포졸들이 심상찮아 보이는 눈초리로 불자들을 일일이 샅샅이 감시하는 것을 보고 자기 오라비 집에 헐레벌떡 돌아와 조도사에게 오늘 절간에서 본 사실을 죄다 말했습니다. 이야기를 듣고 놀란 조도사는 애첩 추년, 머슴 바위와 함께 다시 부랴부랴 도망을 가야 했습니다.

석모도로 건너간 조도사 일행은 도망자 신분인지라 매사에 말과 행동을 근신해야 하는데 안하무인의 성격이 몸에 밴 조도사는 석모도에 도망쳐 와서도 조신하지 못하고 남의 눈에 거슬리는 행동을 일삼았습니다.

그리고 이곳에서는 하루 온종일 내내 '밴댕이 추년' 한 명만 상대하게 되고, 그러다 보니 소갈딱지 없는 그녀가 점점 지겨워지기 시작하여 사소한 일에도 티격태격 다투는 일이 잦아졌습니다. 조도사의 위엄에 고분고분하던 '밴댕이 추년'도 이제는 조도사의 처지가 예전과 달라진 것을 알고서 그녀 특유의 소갈머리를 드러내 툭하면 손으로 삿대질을 하며 대들었고, 그럴 때마다 조도사는 그녀에게 손찌검을 했습니다. 조도사에게 얻어맞은 '밴댕이 추년'은 머물고 있던 집의 뒤뜰로 도망가 울타리 밑에 쪼그리고 앉아 서럽게 울곤 하였는데, 젊은 머슴 바위가 그녀를 달래주곤 하였답니다. 자주 그러다 보니 조도사와 밴댕이 추년 사이는 예전 같지 않았고, '밴댕이 추년'과 머슴의 사이는 점점 돈독해지기 시작하였습니다.

보문사 신도들이나 스님들의 주목을 받고 있던 조도사 일행은 인심을 잃어도 너무 잃어, 결국은 석모도에 더 있을 수 없는 지경이 되고 말았습니다. 그때 마침 외포리에 살던 '밴댕이 추년' 친정 오라비가 볼 일이 있어서 석모도에 왔습니다. 조도사는 수완이 좋은 그에게 부탁해 '거룻배' 한 척을 사서 머슴 바위로 하여금 배를 젓게 하였습니다. 이 거룻배는 돛을 달지 않고 가까운 바다를 다니는 까닭에 멀리서는 사람들 눈에 잘 띄지 않아 조도사 일행이 도망 다니기엔 아주 안성맞춤이었습니다.

거룻배에 몸을 실은 조도사는 폭군 연산군이 위리안치圍籬安置했었던 교동도로 갔다가, 거기서도 불안해 다시 작은 섬 서검도西檢島로 가게 되었고, 이어 아차도阿此島를 거쳐 주문도注文島로 옮겨 가는 등 바다 위의 해파리 신세가 되고 말았습니다.

암행어사 피살 사건이 처음 드러났을 때만 해도 한양 조정에서는 금방이라도 조도사를 체포해 능지처참이라도 할 것 같은 기세였지만, 점차 세월이 흐르자 사건 수사는 미궁에 빠져들고 말았습니다. 그것을 눈치챈 조도사 일행은 강화 본섬에서 가장 가깝고 김포와도 가까운 곳에 위치한 동김도東儉島 섬에 머물기로 하고 '탁이나루'에 이르게 되자 그곳에 몸을 내렸습니다. 그곳 동검도는 머슴 바위의 고향이었기에 조도사가 당분간 숨어 지내기엔 딱 알맞은 곳이었습니다. 중국 사신이나 상인을 비롯해 한양으로 진입하는 선박을 검문하던 곳이라고 해서 동검도라는 이름이 붙긴 했지만, 그곳에서 붙박이로 살면서 고기잡이를 하는 어부들의 거룻배는 해상 검색을 거의 제대로 안했기 때문에 의외로 '등잔 밑이 어둡다'는 속담처럼 뜻 그대로 안전한 점도 있었습니다. 조도사네는 주민들의 주목을 받기 싫어 마을 사람들이 옛날부터 옹기종기 모여 살던 '큰말'을 피해서 그 뒤편 부락인 '뒷대'에 거처를 마련했습니다.

동검도에 와서 머물면서부터는 조도사와 '밴댕이 추년'이 티격태격 다투는 일이 다른 섬에 있을 때보다 훨씬 더 잦아졌습니다.

그러던 어느 날 조도사가 수중에 가지고 있던 금은
金銀붙이와 패물이 많이 줄어든 것을 '밴댕이 추년'이
알게 되었습니다. 가만히 있을 '밴댕이 추년'이 아니었
죠. 조도사에게 더 이상 이렇게 아웅다웅하면서 못 살
겠으니 자기를 그만 풀어 달라고 했습니다. 그동안 밤
낮으로 수발들어 준 공로를 생각해서라도 자기에게 땅
문서를 나누어 달라고 당당하게 요구를 하였지요.

허허허. 조도사가 누굽니까. 경기도의 두억시니 조
아무개가 아닙니까? 첩실 '밴댕이 추년'의 당돌한 요구
에 조도사는 기가 막힌다는 듯 "이 배은망덕한 것이!"
하면서 애첩을 마구 두들겨 패기 시작하였습니다.

"아이고, 나 죽네! 이 살인자가, 이 도망자가 이제 나
까지 죽이네. 사람 살려!"

'밴댕이 추년'은 비명을 크게 질렀고, 무심결에 조
도사가 죄인임을 큰소리로 말을 해 이 소리를 듣고 기
겁한 조도사로부터 더욱 무자비하게 매를 맞아야 했
습니다.

이때 마침 '큰말'에 가 있다가 '뒷대'로 돌아오던 머
슴 바위가 사립문 밖에서 조도사와 추년의 소리를 듣고

급히 툇마루를 지나 안방으로 뛰어들어갔습니다. 유혈이 낭자한 모습으로 '밴댕이 추녀'이 조도사에게서 참혹하게 매를 맞는 모습이 보였습니다. 동병상련同病相憐을 느낀 바위가 거칠게 반응하며 두 남녀를 뜯어 말렸습니다. 그랬더니 조도사는 바위에게도 방망이를 휘두르며 마구 욕을 해댔습니다.

"네 이놈. 내 몸 어딜 감히 네 따위 쌍것이 만지느냐. 이 손 못 놓아? 너 저 밴댕이년 자주 감싸는 거 보니까 수상하구나. 진개만도 못한 것을 거두었더니, 이놈, 이놈!"

그냥 뺨을 맞거나 주먹질 정도라면 참겠는데 빨랫방망이로 얻어맞으려니까 머슴 바위도 몹시 아프고 화가 나서 더 이상 참을 수가 없었습니다. 그동안 부평 집에서 여러 해 동안 머슴 노릇을 할 때 그에게서 받은 수모와 그의 악행들이 머릿속에 떠올랐고, 강화도 쪽으로 도망 와서 온갖 고생을 다하며 시중을 들었는데, 보상은커녕 매타작이라니 도저히 견딜 수가 없어서 그의 몽둥이질을 슬쩍 피하며 그를 황토 흙벽 쪽으로 확 밀어 버렸습니다. 그리고는 늙은 조도사의 목과 머리를 양손으로 움켜 쥔 채 그의 뒤통수를 벽에 쾅쾅 박아 버리기도 하였습니다.

"감히 어디다 손을 대냐고 했수? 왜, 지체 높은 양반 나리라서? 지금 나리는 양반이 아닌 죄인, 그것도 살인자에 도망자 신세 아니유?"

벽에 기대어 선 채 캑캑거리는 조도사의 복부 한가운데를 힘껏 발길질로 걷어차 버린 머슴 바위는 비명도 못 지르며 조도사가 억! 방바닥에 나뒹굴자 다시 발꿈치로 그의 배를 꽉꽉 밟아 주었습니다.

"아이구, 윽! 나 죽네. 여기서 나 죽어. 이놈! 이놈이……. 하악!"

조도사는 눈을 허옇게 까뒤집은 채 몸을 부들부들 떨면서 뭐라뭐라 몇 마디 하더니 그만 움직임을 멈춘 채 사지를 쭉 뻗어 버렸습니다.

잠시 후 조도사가 전혀 요동을 안 하고 아무 말도 없는 것을 보고 '밴댕이년'이 엉금엉금 다가가 그의 몸에 손을 대 보더니, 그만 외마디소리를 지르며 뒤로 자빠지는 것이었습니다.

"에구머니낫!"

"왜 그러슈?"

"이보게, 바위! 이 양반 죽었나 봐. 숨을 안 쉬고 있어. 어쩌지? 응?"

'밴댕이년'은 울지도 않았습니다. 앙큼스레 바위를 향해 향후의 대책을 물어볼 뿐이었지요. 오히려 바위가 당황해하며 이렇게 대꾸하는 것이었습니다.

"죽일 놈의 양반! 나한테 조금이라도 사람대접을 했으면 이런 일이 어찌 일어날 수 있겠수? 오늘은 나한테 해도 해도 너무 하는 거 같아서, 도저히 화가 나서 참지 못해 달려들었을 뿐인데, 이렇게 뒈질 줄은 몰랐수. 어쨌든 이놈의 도사 양반 시신은 빨리 치웁시다. 오밤중에, 아니 내일 새벽에 치우고 여길 떠날 테니까 날 따라오려면 따라 오고, 아니면 맘대로 하슈."

"아이, 내가 혼자 무얼 어떻게 할 수 있겠어? 그리고 천지 분간도 제대로 못하는 내가 혼자 어디로 갈 수 있겠어? 어디든 자네가 날 데리고 떠나 줘······."

며칠 지난 후 강화도 '초지진草芝鎭' 갯벌에서 시신이 발견되었는데, 강화유수부와 포도청의 합동 조사

결과 암행어사 살인사건의 범인인 조도사의 시신으로 추정되어, 이 시신을 부평의 조도사 가족들을 불러다가 확인시켰습니다.

생전에 자린고비보다 더 인색하고 놀부처럼 심통 많고 욕심 많던 조도사는 천년만년 영화를 누리며 오래오래 살 것 같았지만 결국은 객지에서 죄인의 몸으로 떠돌다가 비명횡사하면서 일생을 마쳤습니다. 하필이면 그의 시신이 발견된 장소는 병자호란 때 강화도 수비대장이었던 김경징이란 작자 때문에 수없이 많은 백성들이 죽어간 장소들 중 한 곳인 강화도 '초지진' 갯벌 가장자리였습니다. 강화도 바다 갯벌을 가득 채우며 무성하게 피어나는 '나문재풀밭'의 붉은 빛깔들 속에서 조도사의 시신이 발견되었고, 그의 시신이란 것을 알게 된 일반 백성들은 모두 분노와 한이 맺힌 듯 조도사의 사체가 있는 방향으로 침을 퉤퉤 뱉었다고 합니다.

조도사의 피살 소식을 들은 경기도 부평 고을 사람들 역시 고소를 금치 않았다고 합니다. 충청도 자린고비 조륵 선생은 지독한 구두쇠였지만 생전에 조도사처럼 남에게 폐를 끼치거나 행패를 부리지는 않았으며, 나중에는 선행을 베풀어 많은 사람들의 목숨을 구하였고, 높은 벼슬도 끝끝내 사양했다는데, 경기도 최고 구두쇠였던 조도사는 일평생 좋은 일이란 단 한 번도 안 했으니, 두 사람이 너무너무 비교된다는 것이지요.

젊은 머슴 바위의 소행이었지만 애첩이었던 밴댕이 추년 말고는 아무도 조도사의 죽음을 목격한 사람이 없었습니다. 시신을 초지진에 버린 사람이 누구인지도 본 사람이 단 한 사람도 없었다고 하는군요. 그 내막을 짐작은 할 수 있었지만 '바위'와 '밴댕이 추년' 두 남녀의 종적과 함께 남은 패물도 사라져서 조도사 피살 사건에 대한 수사는 그것으로 끝날 수밖에 없었습니다.

조도사가 객지에서 비명횡사를 당한 이후 부평 고을에 있던 그의 집안은 곧 몰락의 길을 걷기 시작했다고 합니다. 조도사가 아랫것들을 시켜 암행어사를 죽인 것은 그의 집 식솔들의 자백에 의해 사실로 밝혀졌기 때문에, 그의 재산은 모두 적몰(籍沒 : 중죄인 재산 몰수)되었고, 그의 직계 가족들은 모두 천민으로 강등되고 말았다지요. 생전에 조도사가 조금이라도 남에게 선행을 베풀었다면 그의 유가족들이 인정상 그렇게 고생은 안 했을 수도 있습니다. 조도사의 악행에 대한 업보인지 유가족들은 먹지 못해 상당수 식솔들이 굶어죽었다고 합니다. 이 밖에도 조도사의 후손 중에는 두 사람이나 정신이상 증세를 일으켜 불행하게 살다 죽었다고 합니다. 그 뒤 代마저 끊어지고 말았으니, 바로 이런 경우를 일러 인과응보, 또는 업보라 할수 있겠습니다.

운 좋게도 금수저로 태어난 조도사였습니다. 무위도식하며 살아도 평생 호의호식에 부귀영화는 따 놓은 상위 1%의 조도사였습니다. 가진 자가 도덕적 의무를 외면한 채 무소불위의 권력과 재물에 심취하면 무엇이 열릴까요? 당연히 몰락의 길이지요. 기어코 닿게 되는 악행의 끝, 조선시대 악인 조도사는 '배드 엔딩'으로 사라집니다.

花富亭화부정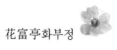

살구동산

한가로운 오후 연분홍색의 살구꽃이 언덕 하나를 가득 덮고 있는 살구나무숲이 있습니다. 그 숲 사잇길로 버스 한 대가 오고 있습니다. 혹시 여러분은 〈이웃집 토토로〉에 나오는 고양이 버스를 보신 적 있으신가요? 그 만화영화에서는 고양이 버스가 등장하는데, 나무늘보처럼 느리게 가다가도 바쁘다 싶으면 다람쥐원숭이처럼 몹시 빠르답니다. 지금은 숲 사이로 모습을 감춰가는 딱정벌레 속도입니다. 일본 아소산 자락에 있는 산사슴/山鹿시에 있는 100년이 넘은 극장 야치요좌/

八千代座에서 출발한 버스 이야기입니다. 지나온 산골길에는 이름 모를 온갖 꽃들이 무리를 이루고 있었고 버스 안엔 살구향이 자욱하게 들어차 있어 침이 저절로 고이겠지만, 자리에 앉아 있는 나의 주인은 목석이군요. 잠을 자는 것도 아니고 버스 운전사의 뒤통수만 뚫어지게 아니, 멍한 눈길을 주고 있으니 말입니다.

서울은 이제 그만 잊을 것이다. 다시는 돌아오지 않으리라 하고 떠났더라도, 살구꽃 봄바람에 햇살이 포근포근 남실대는 시골 풍경이 주인에게는 모처럼일 터인데 말입니다. 그것은 아마 주인이 꾼 어젯밤의 생생한 꿈 때문일지도 모르겠습니다.

꿈이었다. 두 팔을 한껏 기지개 켠 소나무 아래 지팡이와 합죽선을 손에 쥔 산 할아버지가 호랑이 등에 앉아 있었다. 허연 수염이 풍성해서 복장만 갖추면 산타클로스가 딱이었다. 남자가 들어서자 옆에 있던 또 한 마리의 호랑이가 인기척에 답하듯 어홍! 겁을 주는데 산 할아버지는 다른 이 같으면 '끼놈! 여기가 무슨

네 동아리 카페더냐? 어찌하여 발길이 잦은 공?' 하련
만 그윽한 눈길로 왔는가를 대신 했다. 뒤로는 두 여인
이 복숭아와 유자가 담긴 쟁반을 들고 있었다. 한 명은
동창생인 그녀였다. 그러나 그녀는 산 할아버지의 대
추나무 지팡이에 매달린 호리병을 쳐다보며 남자에겐
눈길조차 주지 않았다. 노송 뒤로는 한 쌍의 학이 가지
에 앉아 있었다. 매화나무 위로 굽이굽이 흐르는 계곡
물을 배경으로 산새가 홀쩍 날아가고 있었다. 멀리 붉
은 구름이 낮게 깔린 아래로는 세 갈래 폭포가 시원하
게 내려치고 그 폭포는 다시 하나가 되어 흐르고 있었
다. 깨끗하게 보이는 모든 장관이 고도 근시인 남자에
게 잘 보인다는 게 이상한 노릇이나 그것은 언제나 이
곳에 올 때뿐이었다.

"그래 아직도 자네 눈에는 이 여인이 친구로 보이
시는공?"

산 할아버지의 말에 남자는 '저를 속인 여인입니다!
혼내 주십시오'라고 외쳤다. 그러나 말이 되어 나오질
않아 답답할 뿐이었다.

조용하던 버스 안에 안내 방송이 나왔습니다. 소리의 울림이 살구 향을 다시 한번 진하게, 코를 감미롭게 만들었습니다.

"이번 정류장은 안즈노오카/あんずの丘입니다. 내리실 분은 버스가 완전히 정차할 때까지 앉아 계시기 바랍니다. 다음은 기쿠카/菊鹿입니다."

주인은 앉은 채로 배낭을 메고 가방을 챙겼습니다. 봄바람에 날아갈까 밀짚모자의 끈을 조이며 내릴 채비를 했습니다. 버스 탈 때 뽑았던 표는 17번입니다. 운전석 위의 요금판을 보니 520엔이군요. 주인이 버스가 서기를 기다리고 있습니다. 숙소인 여관 화부정까지 가려면 제법 걸어야 하는데 이쯤 해서 내 소개를 안 할 수 없겠습니다. 인사드리지요. 안녕하세요. 내 이름은 '휘파람'입니다. 휴대폰 줄에 매달려 사는 지우개만 한 곰 인형 모습을 하고 있는 정령이죠. 정령이 뭐냐고요? 모르는 분을 위해 다시 한 번 사전을 펼쳐 볼까요? 죽은 자의 영혼이라는 뜻 외에도 초자연적 본체로 물체에 붙어 그것을 보살피는 힘, 또는 그 기 라고 쓰여 있군요. 그렇습니다. 기는 삼라만상에 존재하는 모든 사물을 형성하는 근원이며 모든 현상과 변화를 일으킬 수 있는 실존하는 파워입니다. 따지고 보면 우주의 움직임도, 눈과 비가 내리는 자연현상도 기에 의해 이루어지고 있지 않습니까? 이처럼 기는 공기처럼 보이지만 않을 뿐이지 우리 주변에 늘 존재하는 것, 누구나 느끼는 것, 누구나 가지고 있는 것이라 할 수 있습니다.

나 '휘파람' 역시 주인의 휴대폰에서 나오는 전자파장에 의해 힘을 얻어 피터팬의 팅거벨처럼 날아다니지는 못하지만 전화가 걸려오면 멋진 휘파람 소리는 물론 다른 휴대폰의 정령들과 사고하며 의사소통도 할 수 있다는 것 ─ 이제 이해가 되실 줄 믿습니다. 주인이 버스에서 드디어 내리는데 시원한 바람이 불어옵니다. 아! 길가의 유채꽃과 붓꽃이 노랑만병초와 함께 우리를 보고 낯이 설어 일순 긴장하다가 이내 어우동 춤사위로 반기는데, 과연 동네 이름을 살구언덕이라고 지을 만하군요. 배낭주머니에 매달려 있는 내가 살구가 가득 든 자루 속에 있는 느낌입니다. 나는 기분이 좋아 휘파람이 절로 날 지경인데 주인은 어떨까요? 꽃밭 같은 시골길을 걷는 발걸음에서 우울이 뚝뚝 떨어지는 모양새가 아직도 꿈에 나왔던 그 여인 생각에 여념이 없군요. 딱해라. 잊는다 했으면 잊을 것이지. 주인도 불혹의 나이가 훨씬 지나 노후를 걱정해야 할 처지에 여자 생각이라니 아직도 철없는 늙은 소년이라니깐요.

살구언덕을 벗어나자 작은 사거리가 나왔습니다. 할머니가 지나는 차도 없고 사람도 없는 건널목에서 파란 신호등을 기다리고 있습니다. 주인도 옆에 서서 파란 불을 기다리는군요. 저 멀리 언덕 위로 보이는 것이 화부정이라면 아직도 한참이니 주인을 애태운 그 여인 이야기나 해야겠습니다.

그 여인. 아 그 여인은 역시 휴대폰의 전자파에서 기를 받는 내 친구 신비의 주인입니다. 쓸쓸한 미소가 일품인, 한때 일본 여성 팬이라면 필견의 한국 드라마 내 장금의 친구 '신비'만큼 예쁜 용모가 남아 있는 여인이지요. 그 여인과 우리 주인이 만난 것은 3년 전 안개라는 카페였습니다. 주인이 서울 강남에 회사를 가진 친구와 삼차로 들른 곳이었는데, 나이 지긋한 주인 마담과 주고받던 농담사이로 내 나이가 몇이네 옛날 시절이 어쩌구 저쩌구 하다 보니 그만 초등학교 동창이 틀림없었다는군요.

그 당시 짓궂은 남자애들은 학교 앞 뺑뺑이 뽑기판을 찍던 화살을 가지고 곧잘 놀았습니다. 그것은 선생님 몰래 교실의 나무 벽을 향해 던지는 요즘의 다트 비슷한 놀이였습니다. 하루는 주인이 던진 화살이 그만 뛰쳐나오던 같은 반 여자애 머리에 꼽히고 말았습니다. 기겁을 하며 촉을 뽑자 피가 봉곳 솟는 바람에 새파랗게 질린 주인은 어찌할 바 모르다가 그만 화장실로 줄행랑을 놓고 말았다는 추억의 여자아이 주인공이 주인 마담이었다나 어쨌다나. 그리고 주인이 전학 가게 되어 끝내 깨막이 탐정 만화를 돌려주지 못한 학교 담 골목의 곰보 아저씨 만화가게 등 위치도 정확히? 기억의 상자에서 꺼내자, 둘은 어어 하는 사이에 야!자로 바뀌어 금세 쿵짝이 맞아 떨어졌더랬습니다.

드디어 화부정이 보입니다. 냇가를 돌면 노천탕도 보일 것입니다. 노천탕은 목욕하던 이가 발가벗은 채로 밖을 볼 수 있는 곳입니다. 밖에서는 농사일을 하던 사람이나 차를 타고 가는 사람들도 벗은 몸을 볼 수 있었으니까요. 어떻게 아느냐고요? 재작년에 주인이 여행사로 해서 관광 왔다가 인연이 되어 작년에도 왔었거든요.

카페 안개

"어이 이 선생! 마누라한테서 쫓겨난 지 십 년이 넘었으면 두 가지 중 하나겠지? 여러 여자 실컷 품어봤던가 그 반대든가? 어때? 오늘은 이 누이가 새끼마담이나 한 명 소개해 주랴?"

"……. 하하. 내가 부처님 가운데 토막이라는 걸 모르는군. 또 나이가 몇이냐? 득도해서 여자도 이미 졸업했다는 거 아니냐. 일 없다."

"가운데 토막? 득도? 좋아하네. 인심 쓸 때 못이기는 척하시지 그래? 나도 물장사 십오 년이 넘었어. 사내? 홍! 다 똑같은 놈들이야. 늙은 말이 더 밝히는 것 몰라? 이 선생인들 별 수 있겠어? 웃기지 마."

사실 그녀의 말이 옳았다. 여자 생각은 남산타워 같아 그동안 품어 볼 기회가 여러 번 있었다. 대시라도 해보면 좋을 것을 어찌된 영문인지 그때마다 남자의 욕망과는 달리 가슴 한구석에 처녀귀신이라도 똬리를 틀고 있는지 이 핑계 저런 이유가 가로막는 바람에 종내 닭 쫓던 개 신세가 되곤 하였다.

그러나 동창이라는 이 여인은 달랐다. 그녀의 모습에서 마지막 타들어 가는 유성과도 같은 불꽃을 느꼈다. 그녀의 눈동자에서 추수가 끝난 들판을 적시는 황혼의 빛을 보았을 때는 아! 이 여자라면 남은 인생을 걸어도 좋겠다는 행복한 생각을 품었다.

처음에는 술김에 얼떨결 말을 트고 지내는 사이가 된 이 여인에게 너무 거리를 좁힌 것은 아닌가 하였지만 대여섯 번 카페를 드나드는 동안 여인에게 연민과 매력을 동시에 느낄 수 있었다. 매사가 서툴고 억세지 못한 남자에게는 부족한 2%가 그 여인에게 있기 때문이었을까?

동창생 여인의 첫사랑이자 첫 남편은 경찰관이었

다. 강력계에 근무할 당시 특수강도 혐의로 용의자의 집을 덮쳤는데 용의자의 처가 만삭인 몸으로 앞을 가로막는 바람에 놓쳐서 도망가는 그를 쫓았다. 용의자는 공사장 담벼락에 숨어 있다가 뒤에서 쫓아오는 형사를 밀쳤는데 공사현장 아래로 형사가 추락, 그만 척추를 다치는 중상을 입고 말았다. 형사남편이 그렇게 되자 생활의 모든 것도 함께 반신불수처럼 돌아갔다. 우선 성생활을 할 수 없게 되자 병원에서 퇴원한 남편은 의처증이 생겨나 마치 입으로 성욕을 채우려는 듯 그녀에게 쌍스러운 욕을 해대기 일쑤였다. 반신불수는 점차 남편의 머리로 전이되어 나갔다. 주위에선 5살짜리 딸아이를 슬쩍슬쩍 쳐다보며 재혼을 권하기도 했지만 그녀가 없으면 남편은 죽기도 전에 등창으로 썩어버리고 말 것 같아 그것도 못할 짓이었다. 정확히 5년 6개월 후 남편의 명줄이 떨어지자 약속이나 한 듯이 돈줄도 떨어지고 말았다. 이렇게 해서 그녀에게는 첫사랑도 돈도 인연이 없는 것이 증명되었다.

재혼한 남편은 경기가 좋아 돈을 잘 번다는 의류 수출업자였다.

그러나 문제는 돈이 아니라 그의 왕성한 정력에서 불거져 나왔다. 처음엔 그녀만 몰랐다. 왜 그리 사무실 경리 보는 아가씨가 자주 바뀌는 줄을. 심지어 남편은 중국에서 샘플을 보러 오는 조선족 여자들과도 거래처 접대입네 하면서 외박하기 일쑤였다.

딸이 중학교에 입학한 지 1년이 지난 때였다. 어느 날 부쩍 말수가 없어진 사춘기의 딸이 그녀의 가슴을 태웠다.

"너 그러다 자폐증 걸린다. 얘기 좀 하자."

"엄마 배가 아파. 활명수 하나 사가지고 올께."

학교에서 돌아온 딸아이가 약국에 간다며 나갔을 때, 담임이 전화를 걸어 왔다. 담임은 딸아이 은하가 집에서 지내는 상황을 묻고는 오늘 학교에서의 행동이 이상했다고 조심스레 말해 주었다. 그때 밖에서 쿵 하는 소리가 들렸다.

새 아버지에게 성폭행을 당한 수치심으로 아파트 옥상에서 뛰어내린 것이다. 슬픔과 분노, 배신감과 절망감에 그녀도 약을 먹고 자살을 기도했으나 죽어지지 않아 이혼 후 물장사 15년이 자랑인 카페마담이 그 여인의 현주소였다.

이 여인 앞에 초등학교 동창이라는 남자가 다가왔다. 술집 다녀 본 남자치고는 어딘가 맹한 구석이 있는 아이들처럼 핸드폰 줄에 곰 인형을 달고 있는 남자였다.

'자연 그대로− 그리운 고향 풍경'이라고 쓴 여관 화부정花富亭 에 도착했습니다. 나의 주인은 앞으로 이곳에서 서너 달 지내보다 마음에 들면 아주 눌러앉을 생각에 서울을 피해 이곳까지 기차 타고 배 타고 또 기차 타고 버스 타고 왔습니다. 부도나고 잠수 타는 것이냐구요? 잠수는 아닙니다만, 부도는 났습니다. 인생부도 말입니다.

주인의 딸 이서미래양이 하와이로 신혼여행 떠나는 날이었습니다. 신혼여행에서 돌아오면 새신랑의 근무지 따라 미국으로 갈 것입니다.

부인 김국지씨가 다소 굳은 얼굴로 주인을 불러 앉혔습니다. 내가 전화기 옆에서 빤히 보았으니까요. 결혼 35년 동안 언제나 남편에겐 순종적이었고 딸에겐 엄한 부인이었습니다.

"당신에게 할 얘기가 있어요."

여간해서는 이런 일이 없었지만 주인은 무심코 마주했습니다.

"……. 이혼해 주세요! 미안해요. 당신, 좋은 사람인 줄 알아요. 그러나 솔직히 우리 사이에 애정은 이미 오래전 물 건너간 것을 당신도 부인 못 하실 거예요. 난 서미래만 시집가면 당신과 헤어지려고 결심했어요."

"?…… 무슨 말이야. 왜 그래? 딸이 떠났다고 심란해진 거라면 어디 여행이라도 다녀올까?"

"딸? 맞죠. 틀림없이 우리 딸. 그러나 당신이란 사람 도저히 이해가 안 되는 거 아세요? 어떻게 된 양반이 서미래 결혼식에 그런 사람을 부를 수가 있지요? 이제 와서 서미래가 알면 좋을 것이 뭐냐고요. 제가 꺼낸 이혼이 결혼식 건 때문만은 아니에요. 그냥 얘기가 나왔으니 집고 넘어가자는 거지. 그래요. 당신만 부처님 예수 되세요. 이젠 나하고 상관없으니!"

마치 해일이 일 듯, 쓰나미처럼 부인의 불만이 주인을 덮쳤습니다. '결혼 삼십오 년 동안 시집제사 빠짐없이 치렀고, 당신이 출장가고 집 비울 때, 친인척 애경사며 모두 지긋지긋하게 견뎌냈는데 이제 시부모 모두 돌아가신 지금, 기른 정의 딸도 출가외인 되고 애정도 떠난 우리 사이에서 나도 내 인생 새로 찾겠다'는 것이었습니다.

"행여 붙잡을 생각 마시고 서류에 도장만 찍어 주세요. 집은 내 명의니 내가 갖도록 하고 대신 당신 퇴직금엔 손 안 댈께요. 서미래는 시집갔으니 됐고, 됐죠?"

됐고 됐죠, 두 마디에 부인이 이겼습니다. 본의 아니게 주인은 부인과 남남이 되고 말았습니다.

참! 딸 이야기가 나왔으니 말인데요. 이건 아무에게도 말하면 안 되는 절대 비밀인데, 주인이 서울을 잊겠다고 하니까 특별히 밝히는 것인 줄이나 아세요. 딸 서미래는, 성까지 붙여 부른다면 이서미래는 입양한 아기였습니다. 결혼 한참 후에도 둘 사이에 태기가 없자 부부가 의논 끝에, 상도동에 있는 어느 영아원에서 갓난아기를 입양한 것이죠. 그래도 친인척 친구들까지 속이기 위해 미리 입을 맞춰 부인이 열 달 동안이나 작고 큰 베개를 차례로 치마 속에 넣고 다녔으니 정성이 대단하다 아니할 수 없지요.

그런데 문제는 주인에게 벌어졌습니다. 서미래가 지방 대학에 합격하여 기숙사에 머물고 있을 때였습니다.

"지점장님. 아까 점심시간에 서무천 씨란 분이 찾아오셨는데요?"

"그래? 서무천 씨라……. 모르겠는데, 들어오시라 그러지."

"죄송하지만 지하 커피숍에서 기다리시겠다는데요?"

주인이 커피숍에서 만난 사람은 다름 아닌 딸아이의 친부였습니다.

젊었을 적, 특수 가중처벌 죄로 중형을 선고 받고 형무소에 갔었답니다. 그때 배가 남산만 한 처가 면회를 왔었는데 산달이 임박하자 연락을 끊었고, 출소 후 집에 가보니 이미 아기는 영아원에 맡기고 사라졌다는 것입니다. 살길 찾아 도망간 처는 잊을 수 있었으나 안 아보지 못한 아기만은 눈에 밟혀 끊임없이 수소문했다는 것입니다.

"얘기는 잘 들었습니다만, 그래서 지금에 와서 어떻

게 하시겠다는 겁니까? 다 큰 처녀아이에게 상처를 주시렵니까?"

"아, 아닙니다! 그럴 리가 있겠습니까? 그저 먼발치에서나마 한번 보고 싶다는 것 뿐입니다. 절대 다른 뜻은 없습니다. 맹세하겠습니다."

"……. 그야 오늘 절 찾아오신 걸 보면 제 허락 없이도 할 수 있는 일이실 텐데요?"

"전 그저 제 피붙이를 키워 주신 훌륭한 분이 누구신가 뵙고 싶었습니다."

주인은 이런 경우 못된 사람은 자식을 안 본다는 평계로 금품을 요구하는 일이 있다는 걸 상기했습니다.

"글쎄. 나는 그렇게 훌륭한 사람도 못됩니다. 우리 그저 이렇게 사는 것이 운명이나 팔자려니 치십시다. 행여 이상한 요구를 하실 생각이면 그만두십시오. 제 딸은 똑똑하고 현명한 아이입니다."

"아, 오해하시는군요. 제가 한때 나쁜 길로 들어섰었습니다만, 감옥에서 많은 것을 깨닫고 목회자가 되어 지금은 개척교회를 맡고 있습니다. 기분 나쁘셨다면 용서해 주십시오. 저는 그저 혈육의 정으로 얼굴이

나 보고 싶었을 뿐입니다."

인연이 닿으면 또 봅시다 하고 두 사람은 헤어졌지만 주인에겐 큰 고민이 아닐 수 없습니다. 낳은 정 기른정. 십 수 년이 지난 일인데 어찌 알았을까. 혈육. 피는 못 속이는 걸까. 집사람에게 이 사실을 알려야 하나. 이제는 굳이 안 된다 해도 저 사람은 딸애를 마음만 먹으면 만날 수 있겠구나. 집에다 얘기 해 말어? 서미래에게는? 낳은 정 기른 정. 생각하니 잠이 올 리 만무였습니다.

"당신 왜 잠을 못 자고 그러우. 무슨 고민 있수?"

"아냐. 직원 하나가 실적이 모자란다고 장난을 친 모양이야. 아무 것도 아니야."

주인의 인생부도 편이 너무 길었죠? 그러나 이십여 년을 근무한 직장에서의 정년퇴직을 하고 나니 남편 자리에서도 퇴출이 기다리고 있었습니다. 자신과 가족을 위해 좋아하는 취미생활도 친구들과의 어울림도 자제하고 오로지 위로 위로만 백두산 등반하듯 했건만 정상은 언제나 손짓만 할 뿐이었습니다.

누구라도 결국엔 모두 하산합니다만, 주인도 임원을 마지막으로 떨어지고 말았습니다. 경쟁의 톱니바퀴에서 떨어져 나오니 갈증이 났습니다. 그래 그동안 밀린 술이나 먹자, 하며 그동안 소원했던 친구들을 찾아 술추렴 순방 길에 올랐습니다. 그러나 그것도 한계가 있었습니다. 왕년에 술 좀 했다는 친구들도 '아이구 이젠 술 먹기도 체력이 달려요.' '나이는 못 속이네.' 하다가 핸드폰 꺼내 목소리도 상냥하게 '응. 이제 끝나. 일찍 들어갈게.' 집에 마누라가 잘 계시는지 저마다 확인합니다.

"그래. 잘 생각했다. 괜히 호기부리다 나처럼 퇴출당하지 말고 일찍 들어가 미리미리 충성들해라. 바이ㅡ."

그러는 주인이 딱했는지 어느날, 강남의 미호통상 사장인 친구가 말했다.

"아! 둘이서라도 3차 가자 신사동에 봐 둔 카페 있다. 마담이 우리 또래지만 젊은 애들 많다. 어때?"

"당연. 좋고 말구지."

이렇게 해서 나 휘파람의 주인은 안개라는 신비의 카페주인과 만남의 장을 열게 된 것입니다.

카페 주인마담인 동창생 여인과 야! 자 하는 사이가 된 이후, 서너 달이 지난 후였습니다. 제 주인이 카페 마담과 얘기를 합니다.

"마담. 이번 여름 시간 좀 낼 수 있냐? 나하고 후지 산 안 가 볼래?"

작업을 걸고 있는 주인이 제법이군요.

"일본? 이 선생! 왜 그래? 나하고 같이 가면 뭔 재미 냐? 저기 꽃띠들이 줄줄인데."

그러나 그 남자의 눈이 진지하다는 걸 알고는 동창 생 여인도 의자를 당기며 목소리를 낮췄습니다.

"이 선생 알아? 여자가 달거리 끊어지고 젖꼭지 차거 워지면 유효기간 다 된 거."

"그래도 꼭 너하고만 가고 싶은 걸. 싫으냐?"

"그렇다면 가자꾸나. 이 선생 눈 보니까 안 간다면 울겠다. 호호호. 아무튼 기분 좋다. 오래 살다 보니 내 게 이런 복이 생기네. 신난다."

富士山／후지산

오전 10시. 두 사람이 하네다 공항을 나와 모노레일을 타기 위해 국내선 가는 버스에 올랐습니다. 도쿄까지 모노레일은 무료지만 신주쿠까지는 전철이 600엔입니다.

신주쿠에 가면 3000엔씩 받고 후지산 5부 능선까지 태워다 주는 버스가 있습니다. 그곳에서 설악산 높이만큼만 오르면 거대한 절구 모양의 분화구가 있다지요?

두 사람은 티켓팅을 마치고 편의점에서 생수와 소금사탕 초콜릿을 샀습니다. 그리고는 버스에 오르자마자 잠을 자 둬야 한다며 졸기 시작합니다만, 나 휘파람과 신비는 '야― 재미있겠다. 신난다!'입니다. 백두산보다 1000미터 정도 더 높은 후지산은 여름에만 등반이 허용되는데 오르는 묘미보다는 호수나 하코네에서 노천탕을 즐기며 바라보는 풍치가 훨씬 빼어나다고 합니다.

우리 정령들도 정상까지 가고 싶어졌습니다.

그래서 '신비'와 나 '휘파람'은 산을 바라보며 우리
나라에 비하면 나무도 숲도 턱없이 빈약하여 효험이
별로인 듯싶은 후지산 신령에게 부탁했습니다. '산신
령님! 우리도 이번 기회에 절구 모양의 분화구를 꼭 보
고 싶어요. 화가 폭발하신 지 삼백 년이 넘었으니 행여
다시는 말아 주시고 모진 비바람 태풍에 돌덩이도 구르
지 않게 해주시고, 고산병으로 중도 탈락하지 않게 해
주시고 무엇보다도 산장에서 우리 주인들이 너무 사랑
하지 않도록 해주시길 바라겠습니다. 아셨죠?'

버스가 종점인 5부 능선에 도착했습니다. '어린 곰'
이라고 쓰인 식당에 자리했습니다. 소고기덮밥. 글쎄.
우리는 음식이 필요 없는 몸이지만 그다지 맛있게 보
이지는 아니합니다. 식사를 마친 두 사람은 에프킬라
처럼 생긴 산소통 두 개와 산 위엔 물이 없다는 종업원
의 말에 생수도 더 챙긴 후 씩씩하게 첫발을 내딛기 시
작했습니다. 그런데 웬 말? 제주도의 조랑말이 아닌 쾌
걸 조로가 타는 준마 서너 마리가 만 엔에 7부 능선까
지 타고 갈 수 있다고 하는군요. 젊은 부부가 아이를 위
해 타는 모양입니다. 셋을 태우고도 끄떡없는 따가닥

말발굽 소리가 상쾌합니다.

"우리도 타고 갈까?"

여자 동창생이 눈을 곱게 흘깁니다.

"말 타고 올라가면 무슨 재미람. 지금 아니면 언제
또 오른다는 보장 있겠니? 이렇게 이 선생과 죽을 때까
지 걷고 싶구나."

풀과 꽃을 동무하며 푸른 하늘에 길을 내듯 죽을 때
까지 둘이서 걷고 싶다는 말에 주인의 가슴은 뜨거워
집니다. 7부 능선까지는 비교적 행복한 낭만 두 시간이
될 것입니다만, 8부 능선부터는 느닷없이 들이치는 비
바람과 거치른 코스가 그들의 데이트를 몹시 힘들게 할
것입니다. 그러나 배낭에 매달려 가는 나 '휘파람'이나
망사 주머니 속에서 편안히 가는 '신비'는 공해와 더위
에 시달리던 도심을 벗어나 오랜만에 맛보는 대자연의
전경에 흠뻑 취해 너무 신납니다. 우리는 온 기를 모아
벨소리를 냅니다.

'이런 경사가 어디 있담 ♪' 신비의 주인이 서울에서
의 전화인 줄 알고 깜짝 놀라 받다 "별일이네? 대답이
없어"하며 끊습니다.

'이런 호사가 어디 있담♪' 주인도 웬 전화일까? 하고 "여보세요?" 하다 "이상하네?" 하며 끊습니다.

위로 오를수록 한겨울 같아 춥고 산소량도 적어져 눈도 아프고 불쾌해질 터인데 두 사람은 여태껏 살아온 인생길의 어느 때보다도 볼을 발갛게 물들이고 열심히 등반합니다. 땀은 나지만 차가운 바람 탓으로 흐를 새가 없는데, "야— 보인다!" 두 사람은 거의 동시에 소리를 질렀습니다. 정말 보입니다. 영화 나바론 요새의 한 장면처럼 머리 위로 보이는 산장 벽에 흰 페인트로 크게 쓴 '백운장'여관은 묵어갈 방을 예약한 곳입니다. 어느 사이 짙은 운무가 발밑으로 펼쳐져 있습니다. 구름들이 모여 오케스트라를 연출하는군요.

'신비야, 보이니? 저 구름떼 좀 보렴.'

'구름떼가 뭐냐? 저건 구름바다라는 거야, 구름바다.'

'그래. 이제 보니 구름바다엔 파도도 구름, 섬도 구름, 육지도 구름, 지평선도 구름이구나.'

구름바다에 장엄한 노을이 물들기 시작합니다.

황혼의 후지산 데이트는 해 본 사람만 알 수 있었습

니다. 사박오일의 후지산 데이트는 마치 사박오일 동
안 끓인 곰탕처럼 구수하고 진한 추억을 넘어 차라리
찬란한 슬픔과도 같은 진한 감동의 세계로 그들을 인
도한 것입니다.

가와구치 호수가에 있는 여관의 객실노천탕.

주인과 동창생 여인 그리고 정령인 휘파람과 신비
가 오늘 저녁 별하늘 산책을 하고 있습니다. 처음엔 탕
에서 각자가 말없이 생각에 잠기고 있었습니다. 두 정
령까지도 별밤의 후지산을 바라보며 '나는 전생에 그
리 나쁜 역할로 살지는 않았나보다. 이런 행운이 내게
도 오는 것을 보니.' 하고 동시에 생각을 하고 있습니
다. 이윽고 넷은 별밤의 쌍둥이 별자리가 되어 가와구
치 호수와 후지산을 내려다봅니다. 꿈도 아니고 현생
도 아니군요. 현실의 옷을 벗어버린 마치 전생에의 사
인방 느낌입니다. 그리고는 어느 사이 미래의 후생으
로 순간이동을 합니다. 그들은 현실에서 전후생을 동
시에 느껴가며 후지산과 함께 오늘저녁 별하늘을 주유
하고 있었습니다.

우리 주인과 동창생 여인은 황혼녘에 떨어지는 유성

의 마지막 불꽃처럼 뜨겁게 사랑했습니다. 꺼지기 직전의 양초 같은 심정으로 가슴을 교환했습니다. 둘의 나이가 지긋했으니 행복도 지긋했겠지요?

일본에서 돌아온 우리 주인은 인천공항에서 동창생과 헤어지며 갔다오마하고, 내친김에 딸이 사는 것도 볼 겸해서 한 달 가까이 미국을 다녀왔습니다. 여행 중에 전화 한번 동창 여인에게 못한 것이 미안했으나 둘과의 관계가 혹시 일시적인 불장난은 아닐까 시간 두며 냉정한 판단을 해 보고 싶었습니다. 그러나 국내외를 막론하고 어디를 가 있더라도 동창생 여인을 생각하면 그동안 한 번도 느끼지 못했던 기쁨과 행복감이 솟는 걸 느낄 수 있었습니다. 우리 주인은 이렇게 생각했습니다. 남은 인생을 걸고 사랑을 한번 해 보리라. 귀국하면 조심스럽게 이 마음을 전하고 청혼해 보리라 결심했습니다.

귀국한 날, 동창생 여인에게 전화를 걸었습니다. 신호가 갔습니다. 기다렸다는 듯 동창이 받았습니다.

"바로 받네? 나야. 어제 돌아왔지. 미안해. 미국에
서 한 번도 전화를 못해 화 안 나셨나 모르겠네? 잘 있
었어?"

"……. 네? 실례지만 어디 거셨습니까?"

"아이구 그동안 전화 한 번 안 했다고 단단히 화나셨
네? 미안해. 사과할게."

"누구세요? 전화 잘못하신 것 아닙니까? ……. 절 아
세요? 이름은 맞는데 전 댁을 몰라요. ……. 아 글쎄 모
른다잖아요? 이만 끊어 주세요!"

전화 끊기는 소리가 주인의 가슴 속에선 철렁! 하고
들렸습니다.

어떻게 된 영문일까? 갈피를 잡을 수 없어 오후가
되자 이른 시각이지만 참지 못하고 카페로 찾아갔습
니다. 한 달 전에 비해 카페의 공기는 이상하리만치 가
라앉아 있었습니다. 동창생 마담이 홀로 있었습니다.

"어서 오세요."

"어떻게 된 거야! 무슨 일 있었어? 심경에 변화라도
있는 거라면 말 좀 해 봐."

"네? 손님 아니세요? 절 아세요? 전 댁을 몰라요. 누

구시냐구요?"

우리 주인은 심한 모욕감에 사로잡혔습니다. 아! 이
것이 물장사의 세계란 말인가? 이제 내가 잠자리도 같
이 했으니 앞으로 기둥서방처럼 굴면서 귀찮게 굴까 봐
미리 잘라 버리겠다는 것인가? 우리 주인은 여인을 뚫
어지게 바라보았습니다. 그러나 여인의 검은 눈동자에
서는 아무런 동요의 움직임을 발견할 수 없다는 것을
알았습니다. 주인은 힘없이 카페를 나왔습니다. 평소
엔 신경 안 쓰던 〈안개〉라는 카페 이름까지 우리 주인
을 약올리고 있었습니다.

이제 아시겠지요?

이제 제 주인이 세상이 아니 서울이 싫어졌다는 것.

아무튼 주인과 내가 산 넘고 물 건너온 화부정에도
어느덧 겨울이 찾아 왔습니다. 이곳은 한마디로 백설
공주가 숲속에서 살던 곳과 비슷한 곳입니다. 이곳에
올 때만 해도 주인은 그리 힘이 없더니 동화 속 같은 주
인공들 사이에서 매일 하는 온천 덕에 점점 활기를 되
찾아 가는 중입니다.

화부정은 이름난 온천 여관이라 전국에서 온천을 즐기러 오는 분들이 많은데 장기 투숙을 해 보면 여관의 매력이 국화차처럼 우러나옵니다. 우선 여관 주인의 용모가 백설 공주를 닮았는데 흰 눈이라도 펄펄 내릴 때, 김이 무럭 솟는 노천탕을 배경으로 흰색의 유카다*를 입고 새빨간 오비*를 두른 늘씬한 그녀를 보면 영락없답니다. 놀라서 나도 모르게 기를 모아 벨소리 아니 휘파람 소리를 냈지요. 주인이 또 서울에서 온 전화인 줄 알고 받네요. 여보세요, 여보세요, 하다가 끊었습니다. 동창생 여인이 아닐까 하다가 실망했을 겁니다. 그리고 스물두 개의 방을 돌아가며 대걸레며 빗자루를 들고 청소하러 가는 키 작은 할머니들을 보면 아무리 둔감한 이라도 '어! 어릴 때 어느 만화영화에서 본 장면 같네' 할 것입니다.

우리 주인의 방은 아주 아늑한 곳입니다. 좀 더 정확히 말하면 단체 손님이 오면 백여 명씩 앉아 연극을 즐기는 무대가 있고 그 무대 뒤쪽으로는 배우들이 기거하는 방이 3개 있는데 그중 가운데 방입니다.

참, 내 정신 좀 봐. 어제는 주인이 오랜만에 꿈에서

산 할아버지를 찾았는데 신기하게도 딴전을 피우고 있던 그 여인이 미소를 짓고 있더랍니다.

"그래 자네 눈엔 아직도 이 여인이 친구로 보이시는공?"
"아닙니다! 사랑하는 사람으로 보입니다!"
"그래? 자네들이 사는 험한 세상, 믿을 것이 그것밖에 더 있겠는공? 껄껄."

이서미래

주인이 방에 앉아 어젯밤 꿈을 잊지 않기 위해 필기하는 것을 나는 탁자 위에서 바라보고 있습니다. 주인이 나를 집어 들고 밖으로 외출을 하는군요, 이곳 큐슈/九州에는 눈이 드물게 옵니다만, 펄펄 내리고 있네요. 산까치가 푸드득 하고 앞으로 지나갑니다. 까치도 역시 보기 어려운 곳입니다.

마을버스를 타고 오랜만에 '산사슴'에서 내렸습니다. 피시방인 인터넷 카페로 들어갔습니다. 실로 오랜만에 메일을 열어봅니다. 아! 주인의 생각대로 서미래에게서 안부 편지가 세 통 와 있었습니다. 주인은 만면에 미소를 띠며 답장에 꼼꼼합니다. 모르는 편지가 하나 더 있어 스팸이겠지 하다가 열어 보았습니다. 뜻밖에도 서미래의 친부로부터 온 것이었습니다. 메일주소를 어떻게 알았을까? 하다가 그에게 건넨 명함이 생각났습니다.

존경하는 서미래 아버님께

(중략)

정말입니다. 하나님을 섬기는 목회자의 신분으로 말씀드리는 것입니다.

이서미래의 의젓한 결혼식을 보고 저는 이제 죽어도 좋다고 생각했습니다. 사실 저는 처음 아버님이 지점장 시절 뵙고 나서 솔직히 서미래를 만날 욕심으로 학교 기숙사행 버스에 올랐었습니다.

그러나 가는 도중 내리고 말았습니다. 만나는 것을 포기했습니다. 그것은 이서미래의 이름 글자 중 '서' 때문이었습니다. 서미래가 어린 시절 '왜 나는 이름이 네 글자야? 길어서 싫어!' 했었다지요? 그때 아버님께서는

'서는 좋은 글자야. 서가 있으니까 네가 있는 거야.' 하셨다고 말씀하신 적이 있었습니다. 그렇습니다. 저는 아버님의 깊은 뜻에 감복하고 아니, 그보다 서라는 저의 성 한 글자를 붙여주신 뜻을 훼손시키지 않으려고 발길을 돌렸던 것입니다.

이서미래 아버님! 지난날 제 과거를 돌아보면 저는 참으로 몹쓸 짓을 한 흉악범이었습니다. 여자가 혼자 사는 집을 강도질하고 우리 집으로 잡으러 온 형사를 만삭이었던 아내를 윽박질러 시간을 버는 사이 도망가다가 뒤쫓는 형사를 공사장 아래로 떨어뜨려 중상을 입힌 장본인입니다.

출소하여 집에 갔으나 아내는 이미 오래전에 갓난 아기를 영아원에 맡기고 행방을 감추었더군요. 감방 생활에서 목사님의 도움으로 목회자의 길을 걷는 저로서는 도저히 죄를 빌지 않고는 배길 길 없기에 어렵사리 형사님의 집을 찾았습니다만, 벌써 오래전에 돌아가셨다는 것이었습니다. 부인에게라도 사죄하고자 또 행방을 수소문하였더니 재혼까지 실패하시고는 강남에서 카페를 하신다고 하더군요. 최근에는 병으로 입원하셨다는데 종업원 말로는 의사가 '전행성 건망증*'이라고 하였답니다. 악독했던 저 하나로 얼마나 많은 사람이 불행해졌습니까? 다행히 병원에서 회복 중이시라 합니다. 서미래 아버님! 제가 비록 목회자의 옷을 입고 있으나 죽어서라도 죄는 달게 받을 생각입니다.

다시 한번, 이서미래의 결혼식에 초대장을 보내 주신 것에 대해 감사드립니다. 저는 그날 제 의지와의 약속대로 서미래에게 한 마디도 건네지 않았어도 행복하게 돌아올 수 있었습니다.

모두 서미래 아버님의 은혜요 하느님의 축복이라 생각하면서—

죄인 서무천 올림.

나는 주인과 함께 피시방을 나섰습니다. 어느새 눈은 그치고 하늘은 씻은 듯 깨끗한데 날은 저물어가는군요. 아득히 바라보이는 언덕위에 화부정이 황혼에 막 불타려 합니다.

세상에! 이런. 산동네 마을에서도 크리스마스 캐롤송이 울려 퍼지는군요.

*유카다/목욕 후, 또는 여름철에 입는 평상복으로 옷고름이나 단추가 없는 두루마기 스타일의 옷

*오비/여성이 입는 기모노 허리에 두르는 넓은 띠

*전행성 건망증/치료 가능한 증세로 위급한 상황이나 갑작스러운 슬픔, 기쁨 등이 닥쳐와도 일어날 수 있는 심인성 기억 상실증. 교통사고 후유증으로 오는 역행성 건망증도 있다.

花富亭

朴峻緒

あんずの丘

のどかな午後です。薄桃のあんずの花が、丘を
いっぱいに彩っている森があります。その間をバ
ス一台が走ってきます。皆さんは、アニメ『となり
のトトロ』に出てくる猫バスをご存じ？ あのバスは、
ナマケモノのようにゆっくり走る場合もあれば、
急ぎならば、リスザルのようにすばしっこい時も
ありますよね。このバスは、そうですね、今は森
の中から姿を消しつつあるカブトムシの速度ぐら
いで、走って来ているところです。阿蘇山からも
近い、山鹿市の100年を越える劇場、八千代座か
ら出発したこのバスの話です。通りすぎる山道に
は、名も知れぬ花々が咲き乱れ、バスの中にはあ
んずの香りが立ち込めていて、唾が自然と湧き出
すほどですが、なんとまあ、席に座っている私の
御主人様ときたら、まさに木石の如くですわ。眠

っているわけでもない、運転手のうしろ姿に、ぼんやりした視線を投げかけてるだけですから。

　ソウルはもう忘れるぞ、二度とは戻って来ることはないと非情な覚悟で旅立った御主人様の心を癒してくれるかのよう、あんずの花の春風に、日差しがポカポカ漂うのどかな田舎の風景は、せっかくお迎えのおもてなしをしてくれてるというのになあ。

　でもそれは、御主人様が見た、昨夜の生々しい夢のせいなのかもしれません。それはまぎれもない夢でした。白いひげをはやして、衣装さえそれならサンタクロースと呼ぶべき山の仙人が、杖と*合竹扇を両手に持ったまま、両腕をしっかりと伸ばしきった松の木の下で、堂々たる威容で虎の背に座っているのでした。男が入ると、隣にいたもう一匹の虎が人の気配に応えるようにガオー!、山の仙人は、他の人なら「こいつめ!ここがお前のサークルの会合場か?　よくもそう気軽に、ちょくちょくと来れたものじゃな」と言い放っただろうに、静か

で深く温かい視線で、「来たのか」という言葉に代えた。後ろには二人の女性が、桃と柚子の乗ったお盆を持って立っていた。一人は同級生の女性だった。しかし、彼女は山の仙人のナツメの木の杖にぶら下がった瓢箪を眺めながら、男には目もくれなかった。老松の後ろには、一対の鶴が枝に止まっていた。梅の木の間をくねくねと流れる渓谷の水を背景に、山鳥がさっと飛んで行った。遠くに赤い雲が低くかかっていた。その方向には,三筋の滝が力強く流れ落ちていたが，いつしかもう、滝は一筋となって流れているのだった。あまりにも克明で荘厳に見えるすべての景観が、高度近視の男に鮮明に見えるのは変なことだが、それはいつもここに来る時だけだった。「そうか、まだそちの眼には、この女は友人に見えるようじゃな?」

　山の仙人の言葉に、男は、「私をだました女です!　叱ってやってください」と叫んだ。しかしそれが言葉となって口から出ないのは、もどかしいばかりだった。

静かだったバスの中に車内放送が流れます。音の響きがあんずの香りをもう一度、濃くして、鼻を甘く刺激します。

　"あんずの丘です。お降りのお客様は、バスが完全に停車するまで、座ったままでお待ちください。次は菊鹿です"

　御主人様は座ったまま、ナップサックを背負い、かばんを手にしました。春風に飛ばされそうな麦わら帽子のひもをぎゅっと締めながら、降車の準備を終えました。乗車時に抜き取った票は17番だから、運転席の上の料金版を見ると520円ですね。御主人様がバスが止まるのを待っています。宿の花富亭旅館まで行くには、まだここからかなり歩かなければなりませんが、この辺で僕の紹介をして置きましょうか。

　ご挨拶申し上げます。初めまして、僕の名前は '口笛'。携帯電話のストラップにぶらさがって暮らす、消しゴムのようなクマのぬいぐるみの姿

218

をしている精霊です。精霊って何ですかって?知らない方のためにもう一度、辞書を開いてみましょうか。死者の霊魂という意味以外にも、超自然的本体として物体に寄り添い、それを支える力、またはその気だと書かれていますね。そうです。気は森羅万象に存在するすべての事物を形成する根源であり、すべての現象と変化をもたらす実在のパワーです。考えてみれば宇宙の動きも、雪や雨が降る自然現象も、この気によってなされていると思いませんか?このように、気は空気のように見えないだけで、僕たちの周辺に常に存在するもの、誰もが感じるもの、誰もが持っているものだということができます。僕 ' 口笛 ' もやはり、御主人様の携帯から出る電子波長によって力を得て、ピーターパンのティンガーベルのようには飛び回ることはできなくても、電話がかかってくると素敵な口笛の音はもちろん、他の携帯の精霊達と思考しながら意思疎通もできるということ…もうご理解いただけたことと信じます。

御主人様がやっとバスから降りるところに、涼しい風が吹いてきます。あらら!道端の菜の花やアヤメが、キバナシャクナゲとともに私たちを見て、馴染みが薄い分、一瞬のとまどいを見せては、バックダンサーを彷彿する踊りで歓迎してくれますが、さすが村の名前を「あんずの丘」と名づけるだけのことはあります。ナップサックのポケットにぶら下がっている僕が、あんずがいっぱいに入った袋の中にいる感じです。僕は気分が良くて、自然と口笛が鳴るほどですが、御主人様はどうでしょうか。花畑のような田舎道を歩く足取りから、憂鬱がポタリポタリとしたたり落ちるその姿は、まだ夢に出てきたその女性を想うことに余念がない様子です。可哀想に…忘れると決意したなら忘れないと。御主人様だって不惑の年がとうに過ぎ、老後を心配しなければならない年齢なのに、恋した女のことばかり考えてるなんて、まだ分別のない年老いた少年なんだから。

　あんずの丘を抜けると小さな交差点が出てき

ました。おばあさんが、通る車もないし人もいない横断歩道で、青信号を待っています。御主人様も横に立って、青ランプが灯るのを待っていますね。あの遠くの丘の上に見えるのが花富亭なら、まだしばらくはかかりそうなので、御主人様の気を揉ませてるその女の人の話でもするとしましょうか。

その女の人。その女性はやはり携帯の電磁波で気を受ける私の友だち「神秘」の主人なんです。寂しい微笑みが絶品の、一時は日本の韓流ファンなら必見であったドラマ『チャングムの誓い』のチャングムの友人、シンビぐらいに美しい容貌が残っている女性です。その女性とうちの御主人様が出会ったのは、3年前の「霧」というバーでのことでした。御主人様がソウル江南(カンナム)に会社を持つ社長の友人と、三次会で立ち寄ったんですが、年のいった主人のマダムと冗談を飛ばしあって、年が幾つだとか昔はああだったこうだった話してるうちに、二人が小学校の同窓に間違いないという結論

になったんですよ。その当時、いたずら好きな男の子たちは、学校でルーレット投げ矢でよく遊びました。それは先生には秘密で、教室の木の壁に向かって投げる今のダーツに似た遊びでした。ところがある日、御主人様が投げた矢が、飛び出してきた同じクラスの女の子の頭に突きささってしまうという事件が発生。びっくりして矢を抜いてみたら、血が吹き出したために真っ青になった御主人様は、右往左往してトイレに逃げ込んでしまったという思い出のその子が、カフェのマダムだったって、キューピットの矢の縁かいって。そして御主人様が転校することになって、結局、ゴマキ探偵の漫画本を返せなかった"あばたおじさんの漫画屋"が、学校の塀の路地にあるなど、位置までも超正確に記憶の箱から取り出すので、二人はおお!といってたのが、やあ!!に変わって、あっという間に息ぴったりのコンビと化したというくだりです。

いよいよ花富亭が見えてきます。小川のほとりを曲がれば、露天風呂も見えてくることでしょう。ここの露天風呂は、お風呂に入っていた人が裸のまま外を見物することができる所です。外からは、農作業をしていた人や車で通る人も、すっぽんぽんを時おり見かけるくらいですから。どうしてそんなによく知ってるのって?一昨年、御主人様が旅行代理店のツアーで観光に来て泊ってから、また縁があって、去年も来たからですよ。

合竹扇：韓国の伝統式扇

バー霧

「こら、李先生!奥方から追い出されてから10年も経ったんだったら、二つのうちの一つだろうね?たくさんの女を思いっきり抱いてみたか、その反対か? どっちかな? 今日はこのお姉さんが、とっておきの若マダムでも一人、紹介してあげようか?」

「……ハハハ。俺が仏の李だということを知らないんだな。もう年がいくつだと思ってるんだい。悟りを開いて、女もすでに卒業するに至ったのさ。必要ないね」。

「仏の李?悟り?何をお馬鹿言ってるの。人情に負けたふりをしたらいいじゃない? こっちだって、水商売の道15年だわよ。男?ふん!みんな同じ輩よ。年老いた馬が色を好むってのを知らないの? 李先生だって、どうせ同類項のくせに。笑わせないでよ」

実際、彼女の言うことは正しかった。女に対する欲望は火山の噴火口のようでもあり、これまで抱く機会が数度、あるにはあったのだ。アタックしてみたらいいのに、どういうわけか、その度に男の欲望とは裏腹に、胸の片隅に処女怨霊でもとぐろを巻いているのか、あの口実、この理由が現れては先を塞ぐので、いつも鶏を追いかけては、屋根まで逃げられた負け犬の遠ぼえみたいな歳月だった。

しかし、"同窓生"というこの女は違った。彼女の

姿から、最後に燃えつきる流星のような炎を感じた時は、胸がときめき、彼女の瞳から、収穫が終わった畑を濡らす黄昏の光を見た時は、「ああ!この女なら残りの人生をかけてもいい」という幸せな幻想が浮かんだ。

　男は、初めは同窓生だといって、酒の勢いでうっかりとため口で話す間柄になったこの男勝りな女に、距離を縮めすぎたのではないかと後悔もしたが、5、6回、バーに出入りする間、この女に憐憫と魅力を同時に感じることができた。すべてに不器用で、弱気な男には足りない、2%が彼女にあるためだろうか。

　同窓生の女性の初恋の相手であり、最初の夫は警察官だった。捜査一課強行犯係に勤めていた当時、特殊強盗の嫌疑で容疑者の家を急襲したが、容疑者の妻が臨月の身で前に立ちはだかり、逃してしまった。それでも追跡し続けると、容疑者は工事現場の壁の陰に隠れていたが、後ろから追いかけてくる刑事を押しのけたところ、工事現場の

下に刑事が墜落、せき髄を痛める重傷を負ってしまった。刑事の夫がそうなると、生活のすべても同時に半身不随のように回り出した。まず、性生活ができなくなると、病院から退院した夫は*疑妻症に罹り、まるで口で性欲を満たそうとするかのように、彼女に下品な言葉を投げつけるのが常だった。半身不随は次第に夫の頭に転移していった。周囲では5歳の娘のために再婚を勧めたりもしたが、彼女がいなければ、夫は死ぬ以前に、背中に大きい腫れ物でもできて腐ってしまいそうで、それもできないことだった。ちょうど5年6ヵ月後に夫の息が絶えると、約束でもしたかのようにお金がなくなってしまった。こうして彼女には、初恋もお金も縁がないことが証明された。

　再婚した新しい夫は、景気よく金を稼ぐというアパレル輸出業者だった。しかし、問題はお金ではなく、彼の旺盛な精力から始まった。最初は彼女だけが知らなかった。どうしてそんなにも、事務所の経理を担当する女性が頻繁に入れ変わるの

か。さらには夫は、中国からサンプルを見に来る朝鮮族の女性とも、「取引先の接待だから」と外泊するのが常だった。

娘が中学校に入学してから、ちょうど1年が過ぎた頃だった。めっきり口数が少なくなった思春期の娘が、彼女の胸をひどく騒がせていたので、その日、言葉をかけてみた。「お前、そのままじゃ自閉症にでもなっちゃうよ。ちょっと、お母さんと話をしようか」。

「お母さん!私、お腹が痛いの。＊活命水を一つ買ってくるから。」

学校から帰ってきた娘が薬局に行くと言って出かけた時、担任の先生からちょうど電話がかかってきた。担任は娘のウナが家で過ごしている様子を訊きながら、「今日学校での行動がおかしかった」と慎重に話してくれるのだった。その時、外で「ドン」という鈍く太い音がした。

新しい父親に性的暴行を受けた羞恥心から、マンションの屋上から飛び降りたのだ。悲しみと怒

り、裏切られた痛みと絶望感で彼女も薬を飲んで自殺を図ったが、死ぬことさえ叶わずに、離婚後の「水商売15年」が自慢の、バーのマダムがその女の現住所だった。

　その女の前に、小学校の同窓生という男が近づいてきたのだ。飲み屋通いをした男にしては、どこかぬけてる子供のように、携帯電話のストラップにクマのぬいぐるみをつけている男だった。

　「自然そのまま－懐かしい故郷の風景」と書かれた看板のかかる花富亭にいよいよ到着です。御主人様はこれから三、四ヶ月、ここで過ごしてみて、気に入ったらずっと居座るつもりで、ソウルを避けてここまで汽車に乗り、船に乗り、それからまた汽車とバスに乗って来ました。不渡りでも出して、潜伏してるんじゃないのかって？　潜伏ではありませんが、不渡りは確かに出しましたね。人生の不渡りですけどね。

　御主人様の愛娘の李ソミレちゃんが、ハワイに

新婚旅行に発つ日でした。新婚旅行から帰って来たら新郎の勤務地、アメリカに引っ越す予定になっています。御夫人のキム・グクジさんは、固い表情で御主人様を呼び座らせました。僕が携帯のそばで、はっきりとその様子を一部始終、見てましたから。結婚35年間、いつも夫には従順で、娘には厳しい妻でした。

「あなたにお話があります」。めったにない雰囲気に、御主人様は思わず向き合いました。「……! 離婚してください。ごめんなさい。あなたがいい人だっていうのはよくわかってる。でも率直に言えば、私たちの間に愛情なんてもうずいぶんと昔に消えてしまったことを、あなたも否定できないはずですよ。私はソミレさえ嫁いだら、あなたとは別れようと決心してました」

「……? なんだって? どうしたんだ? 娘が行ったからと気持ちが動揺してるんだったら、どこか旅行にでも行って来ようか?」

「娘?その通りです。間違いなく私たちの娘でし

ょ。しかしあなたという人は、どうしても私には理解できないことわかってる？ なんだって、ソミレの結婚式にあんな人を呼ぶことができるのよ？　今になってソミレが知って良いことが何があるっていうの。私が引き出した離婚は、結婚式のことだけではありません。ただ話が出たからついでに、はっきりさせておこうということです。そうですよ。あなただけ、仏様にでも神様にでもなったらいいわよ。もう私とはなんの関係もないんですから！"

　まるで津波がおしよせるように、御夫人の不満が御主人様を襲いました。　「結婚35年間、長男の嫁として姻戚の法事をとりまとめ、あなたが出張で家を留守にする時は、たくさんの親戚や姻戚との冠婚葬祭にうんざりしながら耐えてきたけれど、義父母もみな亡くなった今、愛情をかけて育てた娘も嫁に出て、愛情もなくなった二人の関係を整理して、私も自分の人生を新たに見つけたいの」というものでした。

「引き留めようなんて考えないで、離婚書類に判子だけ押してください。家は私の名義になってるから私がもらうけど、その代わりにあなたの退職金には手をつけません。ソミレはお嫁に行ったからいい、もういいでしょう?」

"いい、もういいでしょう"この二言で御夫人の方が勝ちました。図らずしも御主人様は、御夫人とは他人になってしまったのです。

そうだ!娘さんの話が出ましたが、これは誰にも言ってはならない絶対の秘密なんだけど、御主人様がソウルを忘れると言うから、特別に明らかにするんだと思ってくださいね。娘のソミレちゃんは、苗字まで付けて呼ぶとしたら、李ソミレは養子縁組をしたお子さんでした。結婚してから久しく懐妊の兆しがなく、夫婦が相談の末、上道洞にある乳児院で赤ちゃんが養子に迎えられたのです。それでも親戚と友人までだますために、あらかじめ口裏を合わせ、奥さんが10ヶ月間も小さい枕、大きい枕を順番にスカートの中に入れて過ご

したのですから、大した精誠ですよね。

　ところが、問題は御主人様に起こりました。ソミレが地方の大学に合格して寄宿舎で生活している時のことでした。

　「支店長、さきほど、お昼休みにソムチンさんという方がお越しになりましたけど」

　「そうか?ソムチンさん……わからないけど、入るように伝えて」

　「すみませんが、地下の喫茶店で待つということでした」

　御主人様が喫茶店で会った人は、他でもない娘の実父でした。若い頃、特殊加重処罰罪で重刑を宣告され刑務所に行きましたが、お腹が大きくなった妻が面会には来たものの、出産日が近づくと連絡を絶ち、出所後、家に帰ってみると、すでに赤ん坊は乳児院に預けて、行方をくらましましたということでした。

　生きていく道を探して逃げた妻は忘れられましたが、抱いてみることのできなかった赤ん坊だけ

は忘れられず、絶えず消息を尋ねてまわったとのことでした。

「お話はよく伺いましたが、それで、今になってどうするというのですか。大人になった娘を傷つけるつもりですか」

「と、とんでもない！ そんなはずはございません。ただ遠くからでも一目、見てみたいということだけです。絶対に他の意味はありません。誓います」

「……それだけのことなら、今日、私を訪ねていらしたことを見れば、私の許可なしにもできることだと思いますが」

「私はただ、自分の血筋を育ててくれた立派なお方が、どなたかお目にかかりたかったのです」

御主人様はこんな場合、たちの悪い人だと、子供に会わないという条件で金品を要求することがあるのを思い出しました。

「そうですか。私はそんなに立派な人間ではありませんよ。私たちがただこのように生きるのが運命なんだろうと思います。ひょっとして変な要求

をされるつもりならやめてください。私の娘は聡明で賢い子です」

「ああ、誤解されてるんですね。私が一時は悪の道に入りはしましたが、監獄で多くのことを悟らされ、牧師になっていまは開拓教会を任されています。気分を害されたのならばお許しください、私はただ血肉の情ゆえ、顔だけでも一目、見てみたい、ただそれだけでしたから」

「縁があったら、またお会いしましょう」と二人は別れましたが、御主人様には大きな苦悩であらざるを得ませんでした。あ～産んだ情と育てた情。十数年たったことなのに、どうして分かったのだろうか。血肉、血は争えないということか。それから、家内にこの事実を知らせなければならないだろうか。今は我慢しているとしても、あの人はその気になりさえすれば娘に会えるのだ。妻に話そうか。いや、だめだ。ソミレには?親子の絆とは、産んだことか育てたことなのか。考えるほどに、眠れるはずもありません。

「あなた、最近、寝つけないみたいだけど?　何か悩みでもおありなの?」

「いや、職員の中に実績が足らないからと不正を働いたやつがいるみたいでね。大したことじゃないよ」

　御主人様の人生不渡り編、ちょっと長すぎましたかね? 結局、20年あまり勤務した職場で定年退職をしたら、夫という職の定年も同時にやってきたということです。ひたすら家族のために、大好きな趣味生活も友人との付き合いも自制し、一心に上へ上へと高峰に登るように暮してきましたが、頂上はいつも手を振るばかりでした。

　誰でも結局は下山をするように，御主人様も役員職を最後には脱落してしまいました。競争の歯車から落ちてみると、喉が渇きを訴え始めたようです。そうだな、我慢してきた酒でも思いっ切り飲んでやるかといって，今まで疎遠にしてきた友人達を訪ね、酒盛り巡礼を始めたのです。しかし、そ

れにも限界がありました。往年には上戸だった友人達も「もう酒飲むのも体力が追い付かん」「年には勝てんわ」と言ってケータイをまさぐり出しては、声も優しく、「うん。もう終わるよ。早く帰るからね～」家の山の神にそれぞれが報告します。

「うん。君たち、良い考えだ。やたら格好つけて、私のように退出させられないようにね。早く帰って、前もって忠誠を尽くしとけよ。バイー」。

そういう御主人様がかわいそうだったのか、ある日、江南のミホ通商社の社長の友人が言った。

「やあ、俺達二人でも三次会に行くか。新沙洞に知ってるバーがある。マダムは私たちと同じ年頃だが、若い女たちも多いぞ。どうだい?」

「もちろんだ。いいとも」

こうして僕、口笛の御主人様に、'霧'というバーのマダムとの出会いの瞬間が訪れたということです。(彼女のケータイには"神秘"という名前の精霊が住んでいます)

バーのオーナーマダムである同窓生の女性と、

236

ぞんざいな言葉を交す間柄になってから、三、四ヶ月たった頃でした。御主人様がバーのマダムと話をしています。

　「マダム、この夏、時間つくれるかい？　俺と富士山に行かない？」

　誘ってる御主人様も、なかなかやり手じゃない。

　「日本？李先生！どうしたの突然？　わたしと一緒に行って何が面白いっていうの。あそこにピチピチしたのがいっぱいいるわよ」

　しかし、その男の目が真剣だということを知って、同窓生の女性も椅子を引き寄せてトーンを下げました。

　「李先生、知ってる？　女がメンスがなくなり、乳首が冷たくなれば、賞味期間が過ぎたってこと」

　「それでも君とだけ、二人きりで行きたいんだ。厭なのか？」

　「そこまで言うなら、ご同行させてもらいましょうかね。李先生の目を見たら、行かなきゃ泣いちゃいそうだもん。ホホホホ。とにかく気分は上

々。長生きしてみると、私にもこんな福がまい込んでくるなんてね!うれしくなっちゃう」

＊疑妻症：同義語としてオセロ症候群。妻の貞操を疑う病的な症状、

＊活命水：1897年に開発された、韓国の国民的消火剤

富士山

午前9時、二人は羽田空港からモノレールに乗り、一度、乗り換えて新宿に向かいました。新宿からは、3000円で富士山の5合目まで運んでくれる便利な高速バスがあります。そこから＊雪岳山の高さほどを登山すると、巨大な臼のような噴火口があるんだとか。2人はチケッティングを終えて、コンビニでミネラルウォーターと塩飴、チョコレートを買いました。それからバスに乗るや否や、寝ておかないといけないと居眠りを始めますが、僕、口笛と神秘は「やー面白そう。わくわくする

238

ね!」とはしゃいでます。

　*白頭山より1000メートルほど高い富士山は、夏
の間だけ登山が許可されますが、登る醍醐味より
は湖や箱根で露天風呂を楽しみながら眺める風景
がはるかに秀麗だと聞きます。

　でも僕たち精霊も、一度は頂上まで行ってみた
くなりました。それで"神秘"と"口笛"は荘厳なる山
を眺めながら、霊験あらたかであるという富士山
の神霊に頼んでみることにしました。「富士山の神
霊様!私たちもこの機会に、臼状の火口をぜひ見て
みたいです。爆発が起きて300年が過ぎましたが、
もう二度と憤怒の爆発は起きませんように、暴雨
暴風で石ころ達が転げ飛ばされることのないよう
に、高山病で中途脱落することのなきよう、何よ
りも山荘で、私たちの御主人様二人が愛情表現で
オーバーをし過ぎて、他の登山客に迷惑をかけな
いようにお導きください」

　バスが終点の五合目に到着しました。子熊と書
かれた食堂に入りました。メニューは牛丼。そう

だなあ、僕たち精霊は食べ物を必要としませんけど、あまりおいしそうには見えませんね。食事を終えた2人は、フマキラーにそっくりな酸素ボンベ2本と、「山の上には水がない」という従業員の言葉を聞いて、ミネラルウォーターも多めに用意した後、さっそうと第一歩を踏み出しました。

　ところで、どうして馬がここに? 済州島のポニーではなく、快傑ゾロが乗るような駿馬3、4頭が一万円で7合目まで乗せて行ってくれるとか。若いご夫婦が、まだ幼い子供のために乗って行くようです。三人を乗せてもびくともしない馬のパカパカというひづめの音がさわやかです。

　「俺たちも乗って行こうか?」

　女の同窓生がとっさにきれいな横目づかいで、拒否の信号を送ります。

　「馬に乗って登っても意味ないわ。今じゃなければ、いつまた登れるという保証でもあって? こうして李先生と死ぬまで歩きたいの。」

　草と花を道連れに、空に道をつくるように、死

ぬまで二人で歩きたいという台詞に、御主人様の胸は熱くなります。7合目までは比較的、幸福ロマンチックな2時間になりそうですが、8合目からは不意に吹きつける風雨と険しいコースが、二人のデートを大変、困難にすることでしょう。

しかし、ナップサックにしがみついていく僕、口笛や、網袋の中で快適に行く神秘は、公害や暑さに苦しめられた都心を抜け出し、久しぶりに味わう大自然の風景に酔いしれて、とても浮かれています。私たちはあらゆる気を集めて、ベル音を発信しました。「幸せ、最高♪」神秘の女主人がソウルからの電話だと思ってびっくりして受けたけど、「あれっ?返事がないわね」と言っては切ります。

「こんなぜいたくがどこにあるんだ♪」御主人様もいったい誰からの電話だろう、『もしも〜し』と受けては、「おかしいな」と言いながら、切ります。

上に登るほど冬のように寒く、酸素量も少なくなって、目も痛み不快に覆われるはずですが、二

人はこれまで生きてきた人生のどの瞬間よりも頬を赤く染め、一生懸命に登ります。

汗は出るけど，冷たい風のせいで流れる暇がない中，「うわぁ，見える!」二人は、ほとんど同時に叫びました。本当に見えます。映画ナバロン要塞の一場面のように頭上に見える山荘の壁に、白いペンキで大きく書かれた「白雲荘」は、泊まる部屋を予約した今宵の目的地です。いつの間にか濃い雲霧が足元に広がっています。雲が集まってオーケストラを演出しているようです。

「神秘!見える? あの雲の群れをちょっと見てごらんよ」

「雲の群れだって?あれは雲の海というのよ。雲海」

「そうか、雲海か。波も雲、島も雲、陸も雲、地平線も雲だね」

雲海が荘厳な夕焼けに染まり始めます。

夕暮れの富士山デートは、体験してみた者のみが知る幻想の世界でした。三泊四日の富士山デートは、まるで三日三晩、煮込んだ*コムタンスープ

のように香ばしくて濃い追憶を越え、むしろ燦爛
たる悲しみのような、深い感傷の世界に彼らをい
ざない、引き込んでいきました。

　河口湖沿いにある某旅館の客室露天風呂。御
主人様と同窓生の女性と精霊の口笛と神秘が、今
宵、星空散歩をしています。最初は、露天風呂で
各自が黙りこくっては、それぞれの想いに耽って
いたのでした。二人と精霊たちまでも星夜の富士
山を眺めながら「私は前世で、それほど悪い役割で
生きてはいなかったようだ。こんな幸運が私にも
訪れるのを見ると」と同時に考えています。やがて
四人は星夜の双子座となって、河口湖と富士山を
見下ろします。夢でもなく現生でもない。現実と
いう服を脱いでしまった、まるで前世での四人組
のような感覚。そしていつの間にか、未来の後生
へと瞬間移動します。彼らは現実の中で前・後生を
同時に感じながら、富士山とともに今宵、星空を
周遊していました。

うちの御主人様と同窓生の女人は、夕暮れに落ちる流星の最後の火花のように、激しく愛し合いました。消える直前のろうそくのような切なさで、心を交換し合ったのです。二人の年齢に重厚さがある分、幸せにも重みと厚みが加えられたことでしょう。

　日本から帰ってきた御主人様は、仁川（インチョン）空港で同窓生と別れながら行って来るよと挨拶し、1ヵ月近いアメリカ旅行に出かけました。気になっている娘の暮す様子を見ることも兼ねてのことです。旅行中に一度も同窓の女性に電話をかけなかったことに、すまないという思いを隠しながら、二人の関係が一時的な火遊びである可能性に対し、時間を置いて冷静な判断を下そうとしていました。

　しかし、国内外を問わず、どこに行っても同窓生の女性のことを思えば、これまで一度も感じたことのない喜びと幸せが湧いてくるのを感じることができました。御主人様は、こう思いました。

残りの人生をかけて恋をしてみよう。帰国したら慎重にこの気持ちを伝えてプロポーズしようと決心したのです。

　帰国したその日、同級生の女性に電話をかけました。ベルが鳴りました。待っていたかのように同窓が受けました。

　「すぐにとったね!俺だよ。昨日、帰って来たんだ。ごめん。アメリカから一度も電話できなくて怒ってるかな? 元気だった?」

　「……はい?失礼ですが、どちら様におかけですか?」

　「長い間、一度も電話をかけなかったと本当に怒ってるんだね?ごめん。謝るよ」

　「どちら様?　電話、間違ってるんじゃありませんか?私を知ってるの?　名前はあってるけど、私はあなたを存じてませんよ。知らないって言ってるじゃないの!それじゃあ、電話切るわよ」

　電話が切れる音が御主人様の胸の中ではガシャーンと聞こえました。

いったいどうしたっていうんだ。思い惑いながら、午後になるとまだ早い時間でしたが、とうてい我慢することができずにバーを訪れました。一ヶ月前に比べてバーの雰囲気は異常に沈んでいました。同窓生のマダムがひとりで迎えました。

　「いらっしゃいませ」

　「どうしたんだい! 何かあったの? 心境に変化でもあるならちょっと話してみろよ」

　「はい? お客さんではないんですか? 私を知ってるの? 私はあなたを知りませんよ。どちら様です?」

　御主人様はひどい侮辱感に捕らわれました。ああ! これが水商売の世界というものか? もう彼女と一線を越えたのだから、これからこの男がヒモのように振舞いながら、やっかいなことになるんじゃないかと、前もって切ってしまおうという魂胆か。御主人様は同窓生の女をじっと見つめました。しかし、女の黒い瞳からは何の動揺の動きも見られないことがわかりました。御主人様は、力なくバーから出てきました。普段は気にもとめな

かった<霧>というバーの名前までもが、うちの御
主人様を腹立たせていました。

　もうお分かりでしょう?御主人様が世の中ではな
く、ソウルが嫌いになったという理由。とにかく
御主人様と私が山を越え、海を渡って来た花富亭
にも、いつのまにか冬が訪れていました。ここは
一言でいうと、白雪姫が森の中で住んでいたその
場所と似ているのです。ここに来た頃の御主人様
はほとんど元気がなかったのですが、童話の中の
主人公たちの間で、毎日浸かる温泉のおかげで、
だんだん活気を取り戻している模様です。
　花富亭は有名な温泉旅館なので、全国から温
泉を楽しみに来る人が多いですが、長期滞在して
みると、旅館の魅力が菊の花のように溢れてきま
す。お女将さんの容貌が白雪姫に似ていますが、
真っ白なぼたん雪でも降る日に、湯気が立ちのぼ
る露天風呂を背景に、白い浴衣を着て真っ赤な帯
を巻いたすらりとした彼女を見れば、まさにそれ

だと誰でもみとれることでしょう。僕も驚いて思わず気を集めて着信音、いや口笛を鳴らしてしまいましたよ。

　御主人様がまたソウルから来た電話かと思って出ました。もしもし。もしもし。もしも〜し。何度も繰り返しては、切りました。きっと同窓生の女ではないかと思って、失望したことでしょう。そして２２の部屋を回りながらほうきと雑巾を持って掃除をするおばあさんたちを見ると、どんなに鈍感な者でも「あ!幼い頃に見たアニメ白雪姫のワンシーンみたい」と思うはずです。

　私の御主人様の部屋は、とても居心地のよい所にあります。もう少し正確に言えば、団体客が来たら100人余り座って演劇を楽しむ舞台があって、その舞台の後ろには役者たちが起居する部屋が3つあるのですが、その中の真ん中の部屋です。

　これは私としたことが、大事なことを言い忘れてました。昨夜は主人が久しぶりに夢で山の仙人を訪ねたんですが、不思議なことにそらとぼけを

してたあの同窓生の女が微笑んでいたそうなんですよ。

「そうか、お前の目には、まだこの女が友達に見えるようじゃな。」
「いいえ! 愛する人に見えます!」
「そうか。そちがが暮しておる険しい世の中、信じられるものはそれしかないであろう。ホッホッホッ」

李ソミレ

御主人様が部屋に座り、昨夜の夢を忘れないよう筆記するのを、私は机の上で眺めています。あれっ、突然、御主人様が私を手に外にお出掛けのようですね。ここ九州には雪がめったに降らないのに、今日は牡丹雪が降ってます。*カササギがパタパタと前を通り過ぎます。カササギもやはりめ

ったに見かけないんですけど。なにか、良い知ら
せでもあるのかなあ。

　コミュニティバスに乗って久しぶりに '山鹿' で降
りました。インターネットカフェに入りました。
実に久しぶりにメールを開けてみます。やっぱり！
御主人様の予感通り、ソミレから安否の手紙が三
通届いていました。主人は満面の笑みを浮かべ、
几帳面にひとつひとつ返事をします。知らない手
紙がもう一通あるので、スパムメールだろうと思
って、開けてみました。意外にもソ・ミレの実父か
ら来たものでした。メールアドレスはどうして分
かったんだろう?そうか、彼に渡した名刺が思い出
されました。

　尊敬するソ・ミレのお父様へ

　(中略)

　本当です。神に仕える牧師の身分で申し上げる
ことです。

李ソミレさんの格式ある結婚式を見て、私は
もう死んでもいいと思いました。実は正直に申し
上げますと、私は初めてお父様が支店長時代にお
目にかかってから、ソミレに会いたいという欲か
ら、学校寮行きのバスに乗りました。

しかし行く途中で降りてしまいました。会うの
を放棄したのです。それは、李ソミレの名前の文字
の中の 「ソ」のせいでした。ソ・ミレが幼い頃、「なん
で私の名前は*四文字なの?」「長すぎて嫌!」って言っ
たんですよね? その時、お父様は 「ソは良い文字だ。
ソがあるから君がいるんだよとおっしゃった。私
はあなたの深い配慮に心から感服し、いや、それ
よりも「徐(ソ)」という私の名字をわざわざ中間に付
けてくださった、その崇高な旨を損なわないよう
にと引き返したのです。

李ソミレさんのお父様! 私の過去を振り返って
みると、私はとてつもなく悪いことをした凶悪犯
でした。女が一人暮らしをしている家を強盗し、
我が家に逮捕に来た刑事に対して、臨月だった妻

を脅し盾にして、時間稼ぎをさせている間に逃亡し、追いかけてきた刑事を、工事現場の下に突き落として重傷を負わせた張本人です。

　出所して家に帰りましたが、妻はずいぶんと前に赤ん坊を乳児院に預けて行方をくらましていました。監房生活での牧師の助けによって牧会者の道を歩むようになった私としては、謝罪をせずにはとうてい居ても立ってもおられず、なんとか刑事さんのお宅を見つけましたが、もうとっくにお亡くなりになったとのことでした。せめて奥さんにだけでも謝罪したくて、また行方を探したところ、再婚も失敗して江南でバーを経営していると聞きました。最近は病気で入院したそうですが、従業員の話では'前行性健忘'とのことです。邪悪だった私一人のために、どれだけ多くの人が不幸になったことでしょうか。幸いにも病気は回復中であるとは聞きましたが… ソ・ミレさんのお父様!私が牧師の服を着ていますが、死んでも罰は甘んじて受ける覚悟でいます。

最後にもう一度、李ソミレさんの結婚式に招待状を送ってくださったことに、心からの感謝を申し上げさせてください。私はあの日、自分の意志との約束通りに、ミレに一言も言葉をかけられずとも、とても幸せな思いに溢れて帰って来れたんです。

　すべては、ソ・ミレさんのお父様がくださった恩恵です。これこそが、神様の祝福であると信じながら…

　　罪人ソムチン 拝

　僕は、御主人様と一緒にインターネットカフェを出ました。いつの間にか雪はやみ、空は洗った如くにきれいなのに、日は暮れていきます。はるかに見える丘の上の花富亭が、夕暮れにちょうど燃え上がろうとしています。

　オーマイガー!こんな山村にも、クリスマスキャロルソングは鳴り響くんですねえ!!

*雪岳山:韓国江原道にある山並の総称(標高1,708m)

*白頭山：北朝鮮と中国の国境付近に位置する火山(標高 2,744)

*コムタンスープ：韓国の代表的な料理のひとつ。牛の 肉・内臓等を長時間煮込んで作る

*カササギ：七夕伝説における織姫と彦星の間をつなぐ 掛け橋の役を担う鳥として、韓国では吉鳥として扱わ れる。

*四文字：韓国では通常、ほとんどが姓名は三文字であ る。作品中では、主人公が実父の名字を無理にでも娘 の名前の中間に挿入することで、娘の血統の真実を消 さずに残したことが、実父の心を揺り動かすという設 定になっている。

*前行性健忘:治療可能な症状で危急な状況や急な悲し み、喜びなどが迫っても起こり得る心因性記憶喪失 症。交通事故の後遺症からくる逆行性健忘もある。

해설

더듬이 없는 외로운 영혼들의 위로, 화부정
－박준서 소설집『화부정花富停』

김성달(소설가·문학평론가)

1.

  박준서 작가의 소설집 『화부정』의 주인공들은 모두 남자들이고 그들은 더듬이가 없다. 여기서 더듬이란 교지, 눈치, 경쟁, 이기주의 같은 세상을 살아가는 방편이리라. 그들은 집을 나서는 순간 그 더듬이를 바싹 세우고 온통 경계하면서 하루를 살다가 집으로 돌아와서는 잠깐 접어 놓는다. 하지만 『화부정』 소설의 인물들은 그런 더듬이가 없다 보니, 설혹 있다고 하더라도 제 몫을 하지 못하는 더듬이라 그들의 삶은 온통 찢기고 상처받고 외롭다.

  이러한 일상을 살아가는 인물들은 대부분 자신의 의지 여부와 상관없이 삶의 국면에서 소외되어있는 사람들이다. 이들은 쳇바퀴를 돌리는 평범한 일상 속에서 나름대로 최선을 다해 가정의 가장으로 살면서 가족을 비롯한 주변의 사람들에게 믿음이라는 심리적 의존성을 가지지만 그들의 의도적인 배신이나 사고에 의해 일상이 산산이 부서질 수밖에 없다. 작가는 그 부서지는 과정을 통해 사람들 일상의 껍질 아래에 잠복해있는 사회 내부의 구조적 모순과 각 개인들의 실존적 위기가 도사리고 있다는 것을 특유의 희화성을 바탕으로 우회적으로 보여주고 있다. 뿐만 아니라 일상에의 균열이 가져온 파탄이 깨진 거울에 비치는 모습처럼 낯설고 이질적인 환멸을 불러와, 그들의 일상이 얼마나 허술한 토대에 놓여 있는가를 반추하게 된다.

『화부정』 인물들은 평범하지만 서로 다른 개성을 지닌 채 이명, 더블백, 곰 인형 정령 같은 짐을 하나씩 나누어지고 있는데, 그들은 그 짐을 통한 '환각'이나 '환상'을 꿈꾼다. 그들의 이러한 환각 또는 환상들은 일탈적인 어떤 것이 아니라, 일상을 파괴당한 삶들이 만나고 싶거나 확인하고 싶은 또는 탈출하고 싶은 심리적 근원에의 천착인 것이다. 그래서 작가가 보여주는 환각과 환상의 크기는 그가 지속적으로 관심을 기울여

온 사회적 고통이나 개인의 고통 크기를 짐작하게 만든다. 하지만 현실로 돌아올 수밖에 없는 인물들로 인해 소설의 결말은 대부분 쓸쓸하고 비극적이다. 그것이 그들 모두가 직면하고 있는 현실이다.

이런 그들은 만화영화 〈이웃집 토토로〉에 나오는 고양이 버스를 타고 나무늘보처럼 느리게 가다가도 바쁘다 싶으면 다람쥐원숭이처럼 몹시 빠르게 '화부정'을 찾아가는 탈출을 꿈꾼다. 소설 속의 '화부정' 여관은 그런 더듬이 없는 외로운 영혼들을 따뜻하게 품어주고 위로해주는 장소이다. 화부정 여관은 현실의 절망과 환상의 희망 사이 그 아득한 공간을 메울 수 있는 곳이다. 세상에 어떠한 영향력도 행사할 의지가 없이 무기력한 그들은, 어떤 의미 있는 관계 추구 같은 것이 아니라 그저 현실을 탈출하고 싶을 따름이다. 세상의 끝자락에 떨어져 유의미한 가치판단도 유보한 채 가까스로 자기 앞의 생 만을 붙든채 화부정으로 가는 '고양이 버스'만 기다리고 있는 그들은, 자신들에게 강제된 삶을 종용하거나 강요하는 존재를 원망하거나 미워하지 않는다. 자신에게 벌어진 일을 과거와 현재 삶의 조건에서 필연적으로 잉태될 수밖에 없는 운명으로 쿨하게 받아들인다. 특유의 한 타령이나 팔자타령으로 신세를 한탄하지 않는다. 대신 화부정 여관으로 가는 고양이 버스를 애타게 기다릴 뿐이다.

고양이 버스를 타고 살구나무 둘러 싼 마을의 화부정 여관에 도착한 그들은 과거의 기억들을 지워버린다. 그런 후에 온전히 남은 게 자기 자신이라고 생각한다. 화부정 노천탕의 '알몸'은 그런 자기회복의 관념 속에서 과거로부터 분리된 자기 자신을 고스란히 떼어낸 상징으로 읽힌다. 하지만 자아란 지난 시간 속에서 이루어진 경험의 산물에 다름 아니기에 자기도 모르게 자꾸 외부의 반응에 귀를 기울인다. 그래서 이 소설의 마지막 문장 '세상에! 이런 산동네 마을서에도 크리스마스 캐롤송이 울려 퍼지는군요'하는 탄식은 다시 돌아갈 현실을 암시하는 것으로 읽을 수도 있지만, 어쨌든 화부정 여관에 투숙한 인물들은 화부정이 주는 그 안온하고 따뜻한 위로에 오랫동안 몸을 맡기고 있을 따름이다.

2.

「모의환자」는 쓸쓸한 분위기이면서도 인간의 저 밑바닥을 아주 정확히 꿰뚫고 있는 소설이다. 삶의 안과 밖 즉, '진짜'와 '모의'가 서로 부정하지 않고 맞닿은 채 공존해야 해야 하지만, 그렇지 못하는 현실 삶의 비의성을 강조하는 서사로 읽힌다.

육군상사 출신 A는 육십 중반의 나이에 새벽 춘정이 일어 아내와 몸을 섞다가 풍을 맞아 좌반신 마비의 뇌졸중 환자 역할을 하는 모의환자 안서운 씨가 되었다. 공식명칭이 '마비가 왔어요'인 뇌졸중 환자로 3,4일간의 대본에 따른 공부와 연기 연습 후에는 인간 시험지가 되어 의과대학 학생들 앞에 앉아 있다가 보고 들은 것을 채점애햐 하는데 자꾸 기억력이 떨어져 힘들다. 기억의 세포를 갉아 먹고 사는 이명耳鳴이 귀에 숨어 매미소리를 내고 있기 때문이다. 중간시험을 치르는 학생 앞에 앉은 안서운 씨는 병원 감독의 말에 철저히 복종하면서 학생들을 살핀다. 이같은 상관에 대한 안서운 씨의 복종심은 하사관 학교에서 길들여지기 시작해 하사를 달고 자대배치를 받은 후 상사로 예편하기까지 삼십 년간 계속된 것이다. 하사관 신분으로 결혼해서 남매를 낳고 상사가 되어 예편하니 아들이 대학 삼학년, 딸아이는 고삼이고, 연금은 아내가 건들지도 못하게 해서 일자리를 찾아 다니다가 인터넷 바다에서 낚은 아르바이트가 바로 모의환자이다. 몇 명의 의대생 앞에서 시험지 역할을 한 안서운 씨는 급히 채점표를 작성해야 하는데 머리가 점점 진공상태로 변하더니 겁에 질린 채 침대로 쓰러지면서 아내의 얼굴이 보인다.

　"왜 새벽같이 안 하던 짓을 하더니 그러고 자빠졌어. 대체 아이들은 어떻게 할 작정이야?"
　아내의 잔소리가 물속으로 잠긴다. 검고 푸른 바닷물이 머리 안으로 스멀스멀 배어들더니 매캐해지며 가득 찬다. 일어나려고 팔다리에 힘을 써 보지만 돌덩이가 매달려 있다. 안서운 씨의 반쪽은 일어나려고 용을 쓰는데 다른 한쪽에는 "일어나면 절대 안돼!" 하며 말린다. 생각과 몸이 마른 땅 위의 지렁이 꼴이 되는가 싶더니 실제로 몸이 말을 안 듣기 시작한다. 젖 먹던 힘을 써 보지만 콘크리트처럼 굳어져 간다. 왼쪽이 아니라 오른쪽 팔다리의 신경줄이 툭툭 떨어져 나간다. 얼굴의 오른편에서 드라이아이스가 밀고 들어온다. 움직일 수가 없다. 얼굴의 반쪽이 없어졌다. 세포 반쪽들이 일제히 서릿발처럼 일어서며 외친다. 마비다, 마비! 비상!하고 외치며 시피엑스를 발령한다. 절망감이 두터운 커튼처럼 눈앞에 드리운다. 무거워져 가라앉는 머리 위로 스피커가 켜지며 감독의 목소리에 커튼이 검게 변한다. 바위처럼 내리누른다.

"그렇지 바로 그거에요 안 선생님! 지금처럼 하시란 말입니다. 자력으로 일어나서는 안 되는 거 아시죠? 마비환자는 못 일어납니다. 자꾸 일어나려고 용쓰지 말란 말이에요? 아시겠어요?"(「모의환자」)

모의환자가 진짜환자로 바뀌는 이 결말은 독자들에게 시사하는 바가 크면서, 작중 인물의 성격 또는 심리상태에 대한 지독한 은유로 다가온다. 작가는 모의환자가 진짜환자로 바뀌는 과정을 통해 한 인간의 실존적 정서를 흐뜨려 놓고 마는데, 이 빛나는 순간은 생생한 흡인력으로 우리를 잡아당긴다. 몸의 오른쪽 결핍을 느끼는 이 묘사는 우리 몸속에 어떤 생리적인 반응을 일으킬 만큼 강한 느낌을 동반한다.

「더블백에는 인어가 산다」는 죽은 오봉길이 자신의

몸을 내려다보면서 벌어지는 일들을 풍자적으로 희화화해 풀어나가면도, 작가의 물질적 정서와 정서의 융합에 관한 더블백의 상징이 많은 것을 함축하고 있다. 더욱이 더블백 속에서 느끼는 텅 빈 결핍을 끈적거리거나 축축한 어둠의 인어로 끌어내는 장면은 정서의 환기력을 상징적으로 보여준다.

오봉길은 퀵서비스를 하다가 오토바이 사고로 죽었지만 세상에 미련은 없다. 하지만 육체가 아직 볼일이 있다고 잡는 것 같아 답답하다. 적십자병원 영안실 8호, 오봉길이 자신의 이름으로 이승에서 차지하는 마지막 공간이다. 영안실 여기저기를 둘러보다 한때 아내였던 이자춘 여사가 문상 온 것을 본 오봉길은 기분이 씁쓰레하다. 이십 년 전 오봉길이 보험회사 소장이던 때 단골 호프집 여주인과 친해져 어떻게 진도를 좀 나가볼까 하는 혼자 상상에 즐거워했는데, 어느 날 호프집을 급습한 이자춘 여사의 기세에 놀란 호프집 여주인은 결국 이사를 가고 만다. 따지고 보면 이자춘 여사의 의부증은 오봉길 탓이 컸다. 신혼 때 선배의 애인 여자 집에 놀러 갔다가 양주를 마시고 수상쩍은 담배를 말아 피우느라 며칠 동안 집에 들어가지 못한 그때부터 시작된 증세였다. 오봉길은 죽던 날 꿈에 조선의 막사발을 재현하겠다고 십 년 전에 일본으로 건너갔다가 화상만 당하고 돌아와 자신의 손으로 생을 마감한 동생을 보았다. 그 동생이 생각날 때마다 오봉길은 더블백 가방을 꺼내 본다. 동생이 제대하며 선물한 그것을 보면 마음이 편안해진다. 보험회사 영업소장을 그만두고 시작한 꽃집이 망하고, 아내와 이혼하고 회사에 다니는 두 아들은 엄마와 살고 있어 오봉길은 혼자이다. 그렇게 외롭게 살던 오봉길은 뜻밖에도 로또 1등에 당첨된다. 당첨금을 통장에 넣은 오봉길은 마지막으로 애마를 탄다는 생각에 퀵서비스 일을 나갔다가 앞서가던 트럭에서 떨어져 튀어 오른 자갈에 맞아 죽은 것이다. 애석하게 죽은 오봉길은 애지중지하던 더블백을 찾아 이자춘 여사의 아파트를 찾아갔는데, 그녀는 통장이라도 찾을까 싶어 더블잭 가방을 마구 뒤지고 있다지만 일본어로 된 관광 팜플렛 열차표, 이빨 빠진 막사발 같은 허접쓰레기만 있을 뿐이다. 그녀는 혹시나 싶어 머리를 들이밀다가 몸이 더블백 속으로 쑥 들어가버린다.

화가 난 그녀는 앞에 보이는 것들을 뒤로 팽개치며 포복 앞으로 나아갔다. 가방 안은 끝이 없는 것일까? 식식거리며 분을 못 참던 그녀의 눈앞이 일순 아득해지는가 싶더니 어두웠던 곳이 백색의 빛으로 환해졌다. 깜짝 놀란 그녀는 황급히 뒤로 빠져나가려고 부지런히 손발을 움직였으나 이미 늦었다. 어찌 된 일인지 앞으로 나아갈 수는 있어도 뒤로 후퇴하기는 불가능했다. 이러다가는 갇혀서 질식할지도 모른다는 두려움이 들었다. 무서워진 그녀는 이 불가사의한 가방 안에서 빠져나가야겠다고 눈을 감고 환한 곳을 향해 전진했다. 내가 이러다 인어가 되고 말지.(「더블백에는 인어가 산다」)

엉덩이 부분에서 다리, 발까지 정말 인어의 그것처럼 검은 고무판 줄로 둘둘말려 있는 이자춘 여사의 허리에는 더블백이 둘러져 있었다. 그런 그녀가 도와달라고 애원하지만 누구도 눈길을 주지 않는다. 간신히 핸드폰을 빌려 아들에게 연락을 하려고 하지만 번호가 생각나지 않는다. 아무런 번호도 기억하지 못한다.

죽은 사람이 자신을 내려다볼 만큼 자기 자신은 물

론 주변 인물들과의 인간적 관계를 인내심 가지고 돌아보는 내성의 힘을 발휘해 인물의 심리를 섬세하게 표현하고 있다. 그런 내성은 사람들에 대한 의심을 부추기기도 하지만 결국은 이해를 가능케 하는 쪽으로 오봉길을 이끈다. 이런 과정을 통해 자기 자신과 만나지 않고서는 다른 누구도 진정으로 이해할 수 없기 때문이다. 그는 죽어서야 살얼음 위를 걷듯이 살아온 자신의 소시민적 삶을 돌아보며 가슴 속 깊이 숨겨진 아픔을 들여다본다. 동생이 남긴 더블백은 심리적 사회적인 메카니즘의 다른 이름으로 읽어도 좋으리라.

'새천년이 시작되는 밀레니움 전후를 즈음하여 사람들의 뒤통수 부분에서 더듬이가 생기기 시작했다.'는 문장으로 시작하는 「더듬이가 나오면 자취를 감춘다」는 더듬이가 없는 사람들의 삶의 고투가 고스란히 남아있는 작품이다. 사회에서 인칭을 부여받지 못하고 노숙자처럼 살아가는 더듬이 없는 사람들과 세상 사이 관계의 모호성을 표현하고 있다.

토토 씨는 제 귓속에 자리잡아 찐득이처럼 붙은 '삐

이'하는 이명과 함께 동거한 것이 십오 년째이다. 알람 소리에 잠이 깬 토토 씨는 화장실 거울 속 낯선 남자를 보고 있다가 어머니의 아침을 준비한다. 체구는 작지만 남달리 강단이 있던 노모가 자리에 눕는 날이 생기면서 토토 씨는 그날부터 밥 안치는 요령을 배우기 시작해 한 달째인 오늘은 동태찌개를 끓인다. 동태찌개에 생기는 거품이 토토 씨가 수년 전엔 처자식을 거느린 가장이었으나 회사가 부도나면서 유일한 재산인 아파트가 넘어가고, 카페도 운영해봤으나 건물주가 재건축을 하는 바람에 권리금을 날리고, 아내와 이혼까지 한 자신의 삶이 거품 인생이라는 것을 일깨워준다. 노모가 돌아가시는 것보다 입맛에 맞은 국을 걱정하는 토토 씨는 노모의 배웅을 받으며 출근한다.

대답 없이 아파트 현관을 나서며 뒤통수 밑에서 더듬이를 안테나 뽑듯 세운다. 원래 더듬이과의 생물이 아닌지라 인간들에게는 더듬이가 없는 법이다. 그러나 문명이 최첨단으로 진보하고 또 사회 구조가 복잡해지기 시작하자 인간도 진화했다. 더듬이가 생기기 시작했다. 그러나 그 더듬이는 자기 집에 있을 때 혹은 목욕탕 찜질방 같은 곳에서는 몸 안으로 들어가 있어서 대개 보이지 않는다. 그러다 수상한 주위의 공기를 감지한 달팽이의 그것처럼 출근 시간만 되면 본능적으로 불쑥 솟는다. 근무시간이 임박한데 그래도 안 나오는 경우에는 본인이 뒤통수에서 더듬이를 잡아 빼는 것이다. 처음 얼마 동안은 '나만 이런가' 하고 감추기도 한 모양인데 너나 할 것 없이 뒤통수에 그것이 생기기 시작하자 이제는 출근할 때면 자연스레 안테나처럼 뽑고 다닌다. 이제 사람들의 더듬이는 공개된 비밀이라 할 수 있는 존재가 되어 '나는 더듬이가 없어. 내 눈엔 당신도 더듬이가 없군 그래.' 하며 위선을 떠는, 서로 빤히 알고 있지만 겉으로는 그것이 없는 양 모두들 행동한다.(「더듬이가 나오면 자취를 감춘다」)

토토 씨는 회사에서 메일을 확인하다가 딸 인생무비가 보낸 메일을 발견한다. 회사의 부도와 함께 살던 아파트마저 없어지자 아내 을동 씨는 이혼과 함께 토토 씨를 내쫓으면서도 아이들과의 연락은 묵인했다. 어려서 토토 씨 집에 들어와 일 하던 을동 씨는 어쩌어찌 토토 씨의 아내가 되었는데, 비즈니스를 앞세워 술집 여종업원과 잠자리를 하고 젊은 마담의 가게에 돈을 보

268

태는 뻘짓을 하는 남편을 포기하고 대신 하나님을 의지한 터였다. 대학로 연극일을 하는 인생무비는 토토 씨에게 외삼촌의 죽음을 알린다. 처남의 갑작스러운 죽음에 충격을 받은 토토 씨는 선배를 만나러 가는 전철 안에서 죽었다는 처남과 흡사한 얼굴을 만나 더욱 놀라기도 한다. 집을 나와 당장 갈 곳이 없다고 하소연하는 교사이자 시인인 선배는 같은 학교 여교사의 권유로 정신 수련에 심취해 주말마다 수련원이 있는 가야산에 다녔다. 주물마다 집을 비우는 선배를 의심한 그의 아내가 학교로 찾아와 그 여교사의 머리채를 잡고 흔들고는 이혼과 전 재산을 요구하는 중이다. 선배의 뒤통수에는 정말 노숙자들처럼 더듬이가 보이지 않는다. 선배에게 얼마간 돈을 뽑아준 토토 씨는 고교동창들이 모인 약속 장소로 가 술잔을 주고받다가 두 달 후를 기약하며 헤어진다. 토토 씨도 친구들도 악수하고 헤어지면서 모두 더듬이 세우기를 잊지 않는다. 귀갓길 전철 안에서는 몇몇 사람들이 더듬이를 반쯤 내리고 있다. 토토 씨는 이 사람들이 좋아진다. 중년의 남자가 전철에서 내리며 내일이면 바로 후회할 것이면서도 더듬이를 뽑아 철길을 향해 던져버린다. 화들짝 놀라 뒤통수에 달린 제 더듬이를 만져본 토토 씨는 집 앞에서 뒤통수의 더듬이를 내리고 현관문을 연다.

더듬이는 아마도 세상을 살아가면서 필요한 교지, 눈치, 경계심, 욕망 같은 것이리라. 사람들은 더듬이를 내리는 순간 각박한 현실 속에서 적응하지 못하고 시야가 흐려지고 어지럽다. 이러한 심리적 혼돈은 거울 속에서 낯선 자신의 모습을 맞닥뜨리는 묘사를 통해 소설의 의미를 더욱 확장한다. 인간이 지닌 욕망이라는 포획되기 힘은 대상을 역으로 더듬이의 상징으로 처리하는, 작가는 우리의 심층에 도사리고 있는 다양한 억압들의 환상적인 실험을 통해 더듬이 없는 인간으로 살아갈 수 있는 가능성을 탐색하고 있다.

「홍의 전쟁」은 실버타운에 입소한 노인들의 삶과 일상을 통해 우리 사회의 오늘을 보여주고 있다. 실버타운이라는 현실적 공간을 주인공의 시선을 통해 빠르고도 정확하게 그리면서, 늙음과 죽음이라는 원초적 감성이 지배하는 이차적 상징의 세계로 나타내고 있다. 그런 세계에서 본성을 잃지 않은 노년의 인물들을 통해 현실 세계를 무엇보다도 정직하게 보여준다.

홍일국은 친구인 송철환이 원망스럽다. 모란실의 영숙 여사 앞에서 자신을 그렇게 망신을 주다니. 생각할수록 섭섭하고 약이 오르면서 오 년 전 치매로 애를 먹인 아내가 생각난다. 치매에 시달리던 아내가 갑자기 '루악 커피'를 마시고 싶어해서 홍일국은 무슨 생뚱맞은 소리인가 싶었다. 캠퍼스 커플인 아내와는 아무리 생각해도 루와 커피를 마신 일이 기억나지 않은 홍일국은 간호사실의 정 간호사에 부탁해 급히 짝뚱 루와 커피를 만들어 아내의 손에 쥐어 준다. 그러자 아내는 일국 씨를 만나러 가다가 오리엔테이션 도중에 단상으로 뛰어올라 대학 측의 잘못된 오리엔테이션 진행의 개선을 요구한 복학생 김진태 씨를 만났는데 그가 근사한 커피숍으로 데려가 종업원에게 주문하던 '커피 루와'라는 말을 기억한다면서, 그의 얼굴은 생각이 안 나는데 목소리가 생각난다는 것이다. 그날 일국 씨와의 데이트에 삼십 분이나 늦어 엄마가 시골에서 올라왔다고 거짓말을 했다며, 그에게 참 미안한데 혹시 홍일국 씨를 아느냐고 홍일국에 묻는다. 오로지 젊은 시절 기억에 사로잡혔던 아내는 두 해를 더 살다 실버타운에서 임종한다. 자식들이 부르는 '엄마' 소리를 들으며 집에서 죽기 바랬는데…

일국은 저승길도 혼자 알아서 가야 한다면, 우아하고 품위 있는 죽음이 사치일지 모르나 최소한 고독하게 숙고 싶지는 않았다. 온 가족에게 둘러싸여 있다가 가는 망자는 저 세상에서도 큰소리 칠 것 같았다. 홍일국은 그런 호사를 못 누리더라도 중간은 가고 싶었다. 부산의 다세대 주택 어떤 노인처럼 집주인에게 백골상태로 오 년 만에 발견되고 싶지는 않았다. 고독사. 할 수만 있으면 다시 듣고 싶지 않은 단어라고 일국은 생각했다.(「홍의 전쟁」)

아내를 떠나보내고 저승길에 오르면 마지막으로 손 흔들어 줄 사람은 누구일까? 싶어 허허로운 시간을 보내는데 두 달 전에 모란실에 영숙 여사가 들어온 것이다. 홍일국은 내심 자신의 마지막 손을 그녀가 잡아주기를 바란다. 영숙 여사는 세신사라 불리는 목욕관리사였는데 한때 별명이 '서초동 명의'였다. 초기 유방암은 의사보다 목욕탕 세신사가 잘 잡아낸다는 말이 있는데 그녀의 경우가 그랬다. 그 덕분에 서초동 여성전용 사우나에서 '사우나 명의'라는 소리를 들은 그녀는 집에서 반대하는 여군 하사관으로 입대해 중위로 진급할 시기에 결혼을 하면서 인생이 꼬였다. 월남전에서 다친 남편이 앓다가 죽은 후 혼자 아이들을 키우기 위해 시작한 것이 세신사였는데, '사우나 명의'로 알려져 돈은 많이 벌었지만 능력 없는 아들과 그 며느리의 낭비벽을 보다 못해 살기 위해 실버타운으로 들어왔다. 일국은 뭔지 모르게 따뜻해 보이는 그녀가 싫지 않았다. 자꾸 마음이 끌려서 데이트 약속까지 받아내고 신이나 달려갔는데 송철환이가 영숙 여사에게 착해빠진 일국이가 아내에게 재산과 자식들을 뺏긴 이야기를 하고 있다. 일국이 뺏긴 게 아니라 나눠 준 것이라고 하는데도, 위한답시고 하는 것이 결국 일국이 얼마나 못났는가를 까발리는 이야기였다. 원수가 따로 없었지만 송일환의 말은 어느 정도 사실이었다. 팔십 줄에 들어선 일국에게 재산은 고향 땅과 삼십오 평 아파트가 전부였는데 상처하고 혼자가 되자 아파트는 장남의 차지가 되어 홍일국은 자연스럽게 손주들에게 밀려 현관

입구 방에서 큰 며느리 눈치만 보게 된다. 그러자 홍일국은 이참에 마음고생을 끝내자 싶어 이남 일녀를 모두 불러 앉혀놓고 몇 푼 안되는 재산 정리를 깨끗하게 하고 실버타운으로 들어간다고 하는데도 아무도 만류하지 않는다. 그날 밤 홍일국은 자신이 미리 써놓은 부고장을 찾아 읽는다.

본인 홍일국이 노환으로 2033년 8월 15일 자택에서 죽었기에 삼가 알려 드리며, 사고사나 돌연사 혹은 고독사가 아니었기에 다행으로 생각해주시면 고맙겠습니다. 크게 결례일 줄은 아오나 이 부고장을 받아 보시는 시점엔 이미 발인도 끝나고 바다장으로 하였기에 장지는 없습니다. 이 모두 저의 뜻으로 가족과 협의, 자식이 주관하였음을 밝힙니다.(「홍의 전쟁」)

부고장까지 써놓은 홍일국은 앞으로 자신의 남은 여생이 십 년이 될지 오 년이 될지 모르나 갈 데까지 가보자, 저승길은 다음 문제이니 모든 것을 털어버리자, 하면서도 영숙 여사에게 가는 마음만은 어쩌지 못한다.

꼼꼼히 읽어보면 이 소설에서 노년의 욕망을 담고

있는 실버타운은 생생한 현실이면서도 은유적 공간으로도 읽힌다. 그들이 몸담고 있는 공간은 현실에서 버티기 힘든 노년의 몸이 일탈한 공간으로, 그들이 빚어내는 욕망과 환상의 크기는 그들에게 강요하는 고통의 크기와 강도에 비례하기 때문이다. 이렇게 보면 이 소설의 공간은 슬프고도 비극적인 정조가 확장된 심리적 공간이기도 하다. 실버타운과 미리 작성한 부고장은 구조적으로 실존의 위기가 도사리고 있는 우리사회의 축소판이자, 짙은 불안감을 안겨주는 암시를 효과적으로 극대화하고 있다.

「악인 조도사」는 조선시대 '지금의 경기도 부천시 원미구 상동 자리인 석천면 구지리 마을에 이천利川을 본관으로 하는 조씨曺氏 성을 가진 양반'에 관한 이야기이다. 이마에는 나무 뿌다구처럼 혹이 달리고, 소갈딱지는 번데기 똥구멍만 하지만 금수저를 입에 물고 태어나 마을에서는 그를 '조도사'라고 부른다. 우환과 초란이라는 두 난리를 겪은 후의 혼탁한 시절에 '조도사'는 조상으로부터 물려받은 재산을 밑천으로 땅을 사들여 고향 동네의 전답 절반을 소유하게 되었는데, 소작료를 제대로 내지 못하면 소작인들을 인정사정없이 자기 집 머슴이나 노비로 만든다. 또한 여색을 밝혀 '얼굴이 고우면 첩실妾室, 박색이면 침모針母, 찬모饌母, 행랑 어멈으로, 계집아이는 몸종으로' 들인다. 그 많은 여인 중에서 강화도 출신 추씨 성을 가진, 성질이 밴댕이 소갈머리와 비슷해 '밴댕이 추녀'로 불리는 여자를 특별히 총애하는 조도사는 부자이면서도 자린고비가 울고 갈 만큼 인색하고 인정머리가 없다. 생전에 구휼의 은혜를 입은 백성들이 비석을 세워 추모한 자린고비의 대명사 조륵 선생과는 전혀 결이 다르다. 어느날 행색이 남루한 나그네가 하룻밤 묵어가기를 청했는데 조도사가 일할 생각은 않고 무전취식을 일삼는다며 치도곤을 안기다가 그만 죽고 마는데 알고 보니 암행어사이다. 겁을 먹은 조도사는 금전과 패물을 챙겨 밴댕이 추녀와 머슴 바위를 데리고 강화도로 도망가 몸을 숨긴다. 도주 기간이 길어지면서 밴댕이 추녀와 티격태격 다투는 일이 잦아지면서 그녀에게 손찌검까지 하는데, 그걸 말리는 머슴 바위를 매질하다가 도리어 맞아 죽는다.

생전에 자린고비보다 더 인색하고 놀부처럼 심통 많고 욕심 많던 조도사는 천년만년 영화를 부리며 오래오래 살 것 같았지만 결국은 객지에서 죄인의 몸으로 떠돌다가 비명횡사하면서 일생을 마쳤습니다. 하필이면 그의 시신이 발견된 장소는 병자호란 때 강화도 수비대장이었던 김경징이란 작자 때문에 수없이 많은 백성들이 죽어간 장소들 중 한 곳인 강화도 '초지진' 갯벌 가장자리였습니다. (「악인 조도사」)

작가는 조선시대 조도사를 불러와 어쩌면 우리 현실에 내재해있는 절망적인 악의 존재를 보여주고 싶었는지도 모른다. 소설에서 조도사가 보여주는 악행의 크기는 사회적 고통의 크기를 가늠케하고 있다. 그러나 조도사가 현실세계로 돌아오지 못하고 죽은 소설의 결말은 그렇기에 더욱더 삶의 현실을 촘촘히 규명해보아야 할 숙제를 남기고 있다.

「화부정花富停」은 일본의 여관 화부정을 찾아가는 남자의 이야기로 몽환적인 분위기의 소설인데 서사가 정교하고 치밀하다. 휴대폰에 달린 곰인형 정령을 통해 일어나고 있는 사건이나 지점들을 집요하게 추적하면서 인물의 행위들을 세밀하게 묘사한다. 정령이 만들어낸 신화적이면서도 선명한 시각적 이미지를 이중 구조로 보여준다.

일본 아소산 자락 산사슴 시에 있는 100년이 넘은 극장 야치요좌에서 출발하는 버스에 한 남자가 타고 있다. 남자는 꿈에서 보았지만 눈길조차 주지 않던 그녀를 생각하고 있다. 조용하던 버스에서 안즈오노오카 정류장이라는 안내방송이 나오자 남자는 내릴 채비를 한다. 숙소인 여관 화부정까지는 꽤 걸어야 한다. 이 남자의 동정을 독자들에게 알려주는 화자는 '휘파람'인데, 남자의 휴대폰 줄에 매달려 사는 지우게 만한 곰인형 모습의 정령이다. 휘파람은 주인의 휴대폰에서 나오는 전자파장에서 힘을 얻어 다른 휴대폰의 정령들과 사고하며 의사소통도 할 수 있다. 버스에서 내린 남자는 여전히 꿈에서 본 여인의 생각에 여념이 없다. 불혹이 훨씬 넘어 노후를 걱정해야 하는 처지에 여자 생각이라니 철없는 늙은 소년이다. 남자는 3년 전에 안개라는 카페에서 그 여인을 만났는데 알고보니 초등학교 동창이었다. 남자는 그녀의 모습에서 마지막 타들어가는 유성과도 같은 불꽃을 느끼고, 그녀의 눈동자에서 추수가 끝난 들판을 적시는 황혼의 빛을 보았다. 남자는 이 여자라면 남은 인생을 걸어도 좋겠다는 행복한 생각을 품는다. 매사가 서툴고 억세지 못한 남자에게 부족한 2%가 그녀에게 있었다. 그녀의 남편은 강력계 형사였는데 특수강도 용의자를 쫓아가다 용의자 처가 만삭의 몸으로 앞을 가로막는 바람에 놓쳐서 다시 추격하다 공사장 아래로 떨어져 반신불수가 되어 살다 죽었다. 삶이 막막해진 그녀는 재혼을 했는데 중학교 1학년인 딸이 새아버지에게 성폭행 당한 수치심으로 아파트 옥상에서 뛰어내린다. 슬픔과 분노, 배신감과 절망으로 그녀도 약을 먹고 자살을 기도했으나 죽지 않고 15년 동안 물장사를 해온 카페 마담이다.

남자는 드디어 '자연 그대로―그리운 고향 풍경'이라고 쓴 화부정에 도착한다. 그는 앞으로 이곳에서 서너 달 지내보다 마음에 들면 그냥 눌러앉을 생각이다. 남자의 딸 이서미래양이 신혼여행을 떠나는 날 남자의 부인은 이혼을 요구하면서, 딸 결혼식에 어떻게 친부를 부를 수 있냐고, 그것도 이혼의 한 사유라고 했다. 남자와 그의 아내는 결혼 후 한참 동안 아이가 생기지 않아 갓난아기를 입양했는데 친인척과 주위 사람들 눈을 속이기 위해 아내가 열 달 동안이나 임신한 흉내를 내고 다닐 정도로 비밀을 지켰다. 그런데 딸이 대학에 입학했을 때 친부인 서무천 씨가 찾아와 젊었을 때 중형을 선고받고 형무소에 가는 바람에 산달이 임박한 아내가 연락을 끊고 아이를 영아원에 맡기고 사라졌다는 것이다. 안아보지 못한 아기가 계속 눈에 밟혀 찾아왔다는 친부는 혈육의 정으로 딸이 보고 싶다고 했다. 차마 낳은 정을 외면하지 못해 남자는 친부에게 딸의 결혼식을 알려 주었다. 그 바람에 남편 자리에서 퇴출을 당한 남자는 동창생 카페 여인과 함께 후지산을 오른다. 사박오일 후지산 데이트는 마치 곰탕처럼 구수하고 진한 추억을 넘어 차라리 찬란한 슬픔과도 같은 진한 감동의 세계로 그들을 인도한다.

가와구치 호수가에 있는 여관의 객실 노천탕.
주인과 동창생 여인 그리고 정령인 휘파람과 신비

가 오늘 저녁 별하늘 산책을 하고 있습니다. 처음엔 탕에서 각자가 말없이 생각에 잠기고 있었습니다. 두 정령까지도 별밤의 후지산을 바라보며 '나는 전생에 그리 나쁜 역할로 살지는 않았나보다, 이런 행운이 내게도 오는 것을 보니.' 하고 동시에 생각을 하고 있습니다. 이윽고 넷은 별밤의 쌍둥이 별자리가 되어 가와구치 호수와 후지산을 내려다봅니다. 꿈도 아니고 현생도 아니군요. 현실의 옷을 벗어버린 마치 전생에의 사인방 느낌입니다. 그리고는 어느 사이 미래의 후생으로 순간이동을 합니다. 그들은 현실에서 전후생을 동시에 느끼며 후지산과 함께 오늘저녁 별하늘을 주유하고 있었습니다.(「화부정花富停」)

일본에서 돌아온 남자는 곧장 딸을 볼겸 한 달 가까이 미국에 다녀온다. 여행 중에 동창생 여인에게 전화 한번 못한 것이 미안했으나 둘과의 관계에 대해 냉정한 판단을 하고 싶었다. 남자는 어디를 가더라도 여인을 생각하면 그동안 느끼지 못하던 기쁨과 행복감이 솟았다. 남은 인생을 걸고 사랑해보리라 생각한 남자는 귀국하면 청혼하겠다고 결심한다. 귀국하는 날 떨리는 마음으로 전화를 하지만 그녀는 남자를 전혀 모르는 것처럼 대한다. 어떻게 된 영문인가 싶어 카페로 달려갔지만 그녀는 남자를 모른다고 잡아떼며 누구냐고 묻는다. 아, 이게 물장사를 하는 여자의 생리인가 싶어 심한 모욕감에 몸을 떨며 카페를 나온 남자는 무작정 화부정으로 달려온 것이다.

화부정은 이름난 온천 여관이라 전국에서 온천을 즐기러 오는 분들이 많은데 장기투숙을 해보면 여관의 매력이 국화차처럼 우러나옵니다. 우선 여관 주인의 용모가 백설 공주를 닮았는데 흰 눈이라도 펄펄 내릴 때 김이 무럭무럭 솟는 노천탕을 배경으로 흰색의 유카다를 입고 새빨간 오비를 두른 늘씬한 그녀를 보면 영락없답니다. 놀라서 나도 모르게 기를 모아 벨소리 아니 휘파람 소리를 냈지요. 주인이 또 서울에서 온 전화인 줄 알고 받네요. 여보세요, 여보세요, 하다가 끊었습니다. 동창생 여인이 아닐까 하다가 실망했을 겁니다. 그리고 스물두 개의 방을 돌아가며 대걸레며 빗자루를 들고 청소하러 가는 키 작은 할머니들을 보면 아무리 둔감한 이라도 '어! 내릴 때 어느 만화영화에서 본 장면 같네' 할 것입니다. (「화부정花富停」)

화부정 여관에만 머물던 남자는 마을버스를 타고 오

랜만에 '산사슴'에서 내려 피시방에 들어가 메일을 확인한다. 딸의 안부 편지 세 통과 뜻밖에도 딸의 친부로부터 온 편지가 있었는데 놀랍게도 그가 바로 동창생 여인의 남편이었던 강력계 형사를 반신불수로 만든 강력범이었다는 고백과 함께, 늦었지만 형사 부인에게라도 사과하고 싶어 수소문해보니 강남에서 카페를 운영하던 그녀가 최근에 '전행성 건망증' 기억 상실증에 걸려 병원에 입원했다는 사실을 알려주고 있었다.

'화부정 여관'은 더듬이가 없는 세상의 남자들이 찾고 싶은 자기만의 비밀스러운 장소이자, 찢기고 더럽혀진 자신의 인생을 깨끗하게 씻고 싶은 인생의 노천탕이다. 또한 자신만의 갇힌 시간을 벗어나 우리의 심층에 도사리고 있는 다양한 욕망을 끌어내는 환상적인 공간이면서, 자신이 새롭게 태어날 수 있는 가능성을 탐색하고 순수한 사랑의 가능성 또는 불가능성을 상상해보는 곳이기도 하다. 그래서 따뜻한 위로이다.

3.

박준서 작가의 소설 『화부정』은 무엇보다도 인물들에 대한 작가의 폭넓은 이해가 돋보이는데, 그것은 작가 자신이 지닌 인간에 대한 근원적인 신뢰에서 비롯되고 있다. 그의 소설은 가족 또는 주변 사람들 사이의 공유된 경험에 의존함으로써 인간관계를 세밀하게 그려내고 있다. 물론 그 때문에 인물들의 사연이 사회의 전체적인 연관성에 대한 천착으로까지 나아가는데는 미흡하다. 하지만 박준서 작가의 소설 인물들은 자신들이 살아가고 있는 구체적인 현실에서 문제를 발견하고, 그 현실을 관념화하지 않고 생각과 행동을 심리적 차원으로 과하게 뒤틀거나 굴절하지도 않는다.

소설 『화부정』에 나오는 주인공은 모두 남자들인데 그들은 거의 이혼을 하거나 이혼을 당하는 개인적 체험이 있다. 여기서 '개인적'이란 것은 보편성을 획득하기 이전의 한 개인에게 주어진 삶의 조건인데 박준서 작가는 이런 개인적 체험 위에 보편성의 통일 혹은 보편적 가치가 투영된 이야기를 만들고 있다. 그것은 개인적 체험이라는 자기 몸과 마음에 충분히 녹아든 대상을 다룬 것일수록 자신의 독특한 특성이 빛을 발하기 때문이다. 그 결과 일반적인 시각으로는 포착하기 힘든 가족이나 부부 관계의 미세한 결이나 비극적인 상황들을 극명하게 드러내는데 성공하고 있다.

소설 『화부정』에 전반적으로 깔린 희화적이면서도 환상적인 진지성은 오히려 버거운 현실에서 일탈을 꿈꾸는 독자들에게 읽는 즐거움을 주고 있다. 이런 점에서 박준서 작가는 나름의 흔적을 통해 그런 모습을 보여주고 있는데 인물들에 따른 문체의 변용, 상징이나 환상을 통해 인물들의 불안이나 희망을 드러내고 있다. 그런 방식은 인물들의 구체적인 상황이나 특수한 체험에서 발생하는 개인의 심리적 요인들을 육화시켜 독자들과의 소통 확대에 도움을 주고 있다.

소설 『화부정』은 오래된 상처나 갑자기 버려지는 상황으로 정상적인 생활이 불가능한 인물들의 고통을 온몸으로 껴안으려는 작가의 의지가 짙게 배어 있다. 하지만 이러한 의지가 구체적인 작품 속에서는 빗나거나 어긋나는데 그것이 도리어 삶의 본질과 한계를 가늠

하는 시금석으로 나타나 사뭇 색다른 상황으로 발전한다. 즉, 인간 위선에 대한 날카로운 통찰과 자신을 방기한 듯하는 희화한 몸짓으로 인간 본성의 진면목을 직간접적으로 두텁게 묘사해, 현대인들이 잃어버린 인간적 가치가 무엇인지 묵직하게 돌아보게 만든 것이 박준서 작가의 소설 『화부정』이다.

작가의 말

코로나가 아직 엄중하고 화천大정도는 졸업해야 50억 퇴직금을 받으며 천하를 논하는 세상에서 안녕들 하신지요?

저는 작가의 말을 부탁받은 야마모토 간스케/山本勘助라고 합니다. 친근하게 그냥 '간짱'이라고 부르셔도 됩니다. @검색하시는 분도 계시네요. 그렇습니다.왼 편에 계신 분들이 질색하는 일본 전국시대의 장수였죠. 지금은 이 책 작가 박준서 씨의 도움으로 三河*의 캐릭터에서 환생하여 그의 배낭에 30년 째 붙어 사는 정령입니다.

누구나 젊은 시절엔 한 번쯤 뽕가는 것에 몰두하게 됩니다만, 작가는 기차를 좋아했습니다. 오래전 사라지고 없는 통일호, 비둘기호를 타고 남한 일주를 몇 번이나 했었고, 길쭉한 일본이 기차의 나라인 것을 알고 완행열차로만 북해도 맨 위 와카나이/雉內에서 규슈 맨 아래 이부스키/指宿까지 노숙도 하며 댕기더군요. 죽기 전 유럽기차여행이 소원이라던데 무리겠죠?

한번은 왜 그러는데? 하고 물었더니 어디가면 재미있고 맛있는 게 있을까 한다나요. 물론 인생의 맛이겠지만 수확량은 대단치 않더군요, 왜냐하면 그의 인생이 짝퉁 일색이었거든요, 초등학교에서 대학교…… 군대, 직장, 연애, 결혼, 부모노릇조차 어느 하나 제대로가 아닌 짝퉁이었답니다. 그래도 멋쩍은지 한번은 '꽤 주워 모은 것 같은데 배낭이 찼어.' 하더군요.

옥수수 올라오던 어느 날, 중앙대학 문리대 학장이셨던 이문명 작가(이명재 교수)님이 소설을 써보라 부추기셨습니다. 그래서 짝퉁다운 필력으로나마 사과나무 향기 그윽하신 이채형 작가님, 소설 논개의 주인공 같으신 김지연 작가님께 어찌어찌 배워 등단하더니 이번엔 전국의 문학관을 돌아다니기 시작했습니다. 고

김준성 작가님이 터를 잡으신 21세기 문학관, 이문열 문호의 부악문원, 大作 탄생 방이 있다는 소문의 글을 낳는 집, 김주영 작가님의 객주문학관 등이었습니다.

자랑거리 1도 없던 작가에게 든든탄탄의 동료 작가가 가시버시가 되었다고 하니, 이제 입에서 오색 끈을 쉼 없이 토해내는 마술사처럼 그동안 주워 모아 간직한 것을 하나 둘 꺼내 소설이란 기차에 싣고 은하철도로 달리면 좋겠습니다. 그러다 힘이 달려 생을 마감하면 보람이자 기쁜 웰다잉 아니겠어요?

그나저나 본인이 써야 할 작가의 말을 대필시키다니 아직도 짝퉁 맞네요.

*三河/미카와: 일본 아이치현 / 愛知縣 동부의 옛지명

2021. 12월 엄중한 시절에
작가를 대신한 정령
야마모토 간스케/山本勘助

■박준서

서울 노량진에서 태어나 남산 초교, 양정중, 고교, 중대 경제과를 졸업했다.

백마부대로 파월. 외국어학원을 하다 망했다.

2014년『한국소설』「모의환자」로 등단.

기차여행을 좋아했고 스마트 소설에 흥미를 느껴 2022년에『환승역』이 나온다.

■번역 _ 增淵啓一(마스부치 게이치)

'62.12월 생.

일본 릿교(立教)대학 사학과(일본사 전공)

1989년 한국유학 고려大한국어 과정 수료

한일문화교류협회 사무국장 역임

한일문화교류연합회 일본측 회장

2005년 한일UN협회장 독도 회담시 통역 담당

유한大,경인大 강사 역임

현, 한일미래하트탱크 공동대표

현, 피스트래블 대표이사